L'avant-scène théâtre
numéro 1296 - 15 janvier 2011

# Caligula

## Version primitive de 1941

Albert Camus

Quand Drusilla, la sœur de l'empereur et son unique amour, meurt, tous croient que Caligula est devenu fou, tant il est tyrannique et lunatique. Obsédé par la quête de l'impossible, il déchaîne l'anarchie sur son palais et ordonne des exécutions arbitraires, vivant sa liberté aux dépens de celle des autres, allant même jusqu'à inciter ses sujets à son propre meurtre.

L'avant-scène théâtre

75, rue des Saints-Pères - 75006 Paris
Tél. : 01 53 63 80 60 / Fax : 01 53 63 88 75
contact@avant-scene-theatre.com

* Les Éditions L'avant-scène théâtre
Président directeur général : Philippe Tesson
Directeurs délégués :
Anne-Claire Boumendil, Olivier Celik

* Rédaction
Directeurs, rédacteurs en chef :
Anne-Claire Boumendil, Olivier Celik
Secrétariat de rédaction : Aude Jeanson, Julie Le Floch
Comité de rédaction : Armelle Héliot, Gilles Costaz, Jacques Nerson, Stéphanie Tesson

* Services commerciaux
Diffusion, abonnements
Tél. : 01 53 63 80 45
commercial@avant-scene-theatre.com
Comptabilité : Nathalie Boyer
Tél. : 01 53 63 80 64 / Fax : 01 53 63 88 75
comptabilité@avant-scene-theatre.com
Stock : Vincent Dupréelle
Tél. : 02 38 33 45 28 / Fax : 02 38 33 13 54
commande@avant-scene-theatre.com

* Les publications de L'avant-scène théâtre
L'avant-scène théâtre, revue bimensuelle
L'avant-scène théâtre Poche
La Collection des quatre-vents
L'Anthologie de L'avant-scène théâtre
Les Nouveaux Cahiers de la Comédie-Française
Les Petites Formes de la Comédie-Française

Cette revue a été publiée avec le concours du Centre national du Livre et de la SACD.

Photographie de couverture : © Maria-Letizia Piantoni
Impression : Imprimerie des Deux-Ponts - Eybens
Commission paritaire 0310K86211
ISSN 0045 1169 - ISBN 978-2-7498-1174-1
Dépôt légal : janvier 2011 / Imprimé en France

# « L'homme absurde »

par Olivier Celik

MONSTRE MYTHIQUE, emblème de la tyrannie la plus sauvage, Caligula, étrangement, n'aura pas souvent intéressé les dramaturges. Quel personnage de théâtre, pourtant ! Qu'on en juge à la description qu'en fait Suétone dans sa *Vie des douze Césars* : « Caligula avait la taille haute, le teint livide, le corps mal proportionné, le cou et les jambes tout à fait grêles, les yeux enfoncés et les tempes creuses, le front large et torve, les cheveux rares, le sommet de la tête chauve, le reste du corps velu ; aussi, lorsqu'il passait, était-ce un crime capital de regarder au loin et de haut ou simplement de prononcer le mot chèvre, pour quelque raison que ce fût. Quant à son visage, naturellement affreux et repoussant, il s'efforçait de le rendre plus horrible encore, en étudiant devant son miroir tous les jeux de physionomie capables d'inspirer la terreur et l'effroi. »

Voilà justement la source à laquelle Albert Camus s'est abreuvé pour écrire *Caligula*, pièce sans cesse remaniée, dont on présente ici la version dite primitive de 1941, mise en scène par Stéphane Olivié Bisson, avec Bruno Putzulu dans le rôle-titre. Mais c'est peut-être dans cette version, écrite par un homme encore jeune et très ardent, que l'on voit à quel point la pièce est une formidable peinture de caractère – simplifié et poussé à bout, selon les mots mêmes de l'auteur – et non ce théâtre philosophique qui, improprement accolé au théâtre de Camus, ne cesse de faire du tort à son œuvre dramatique.

*Caligula* s'apparente plutôt à un théâtre de l'impossible, et met en scène, ici plus que partout ailleurs, cet « homme absurde » qui s'applique parfaitement à Caligula, que Camus dépeint ainsi à la création de la pièce en 1945 : « […] Un homme que la passion de vivre conduit à la rage de destruction, un homme qui par fidélité à lui-même est infidèle à l'homme. Il récuse toutes les valeurs […] Il n'a pas compris qu'on ne peut tout détruire sans se détruire soi-même. Son histoire est celle d'un suicide supérieur. »

Suicide supérieur : tout est dit, en deux mots, de la tragédie humaine. De cet absurde auquel nous condamne la disparition de toute cause ou morale supérieure. L'homme livré à lui-même est un monstre pour chacun. Le célèbre empereur romain en accuse évidemment les traits les plus marqués, mais ne sommes-nous pas tous, en puissance, des épigones de Caligula ? Le pouvoir en moins…

CALIGULA (Bruno Putzulu)

# Caligula

## Version primitive de 1941

### Albert Camus

Mise en scène de Stéphane Olivié Bisson

avec

Bruno Putzulu : *Caligula*
Cécile Paoli : *Cæsonia*
Patrick d'Assumçao : *Hélicon*
Gauthier Baillot : *Cherea*
Jean de Coninck : *le Vieux Patricien / Mereia*
Clément Carabédian : *Mucius, le deuxième patricien*
Pascal Castelletta : *Lepidus, le premier patricien / Un poète*
Maxime Mikolajczak : *Scipion*
Claire Hélène Cahen : *Drusilla / Femme de Mucius*

Assistante à la mise en scène : Tatiana Breidi – Scénographie : Georges Vafias
Costumes : Rose Marie Melka – Lumières : Lauriano de La Rosa
Musique : Jean-Marie Sénia – Enregistrement et mixage musique :
Frédéric Jacqmin – Création images : François Bisson Roux
Réalisation images : Thomas Knoll et Bessem Ben Khaled
Maquillage : Make Up For Ever – Coiffures et perruques : Atelier spectacle
Any d'Avray – Construction décors : Soft Prod – Paradis Décors
avec l'aide des Ateliers Marigny

*Production déléguée : l'Avant-Seine / Théâtre de Colombes*
*Production exécutive : Prima donna*
*Coproduction : l'Avant-Seine / Théâtre de Colombes, Compagnie Lamberto Maggiorani*
*Avec la collaboration de la Comédie de Picardie – Scène conventionnée pour le développement de la création théâtrale en région, avec l'aide à la production et à la diffusion d'Arcadi et le soutien du Fijad, de la Spedidam et de l'Ensatt*
*Coréalisation : Athénée Théâtre Louis-Jouvet*

Spectacle créé le 4 novembre 2010 à l'Avant-Seine / Théâtre de Colombes

Photographies de répétition : Maria-Letizia Piantoni

# L'affiche

## Albert Camus, l'auteur

Albert Camus en 1947. © Henri Martinie/Roger-Viollet

Il naît à Mondovi, un village de l'Algérie française, le 7 novembre 1913. Son père, ouvrier agricole, meurt un an après lors de la bataille de la Marne. Sa mère, une jeune femme d'origine espagnole quasi sourde et muette, s'installe à Alger avec ses deux fils chez la grand-mère d'Albert. À dix ans, son instituteur, Louis Germain, conscient de ses facultés intellectuelles, lui assure un soutien scolaire puis le présente au concours des bourses, ce qui lui permet d'entrer au lycée en 1924 et d'obtenir son baccalauréat en 1930, année où on lui diagnostique une tuberculose. Il entre ensuite en classes préparatoires où il a pour professeur de philosophie Jean Grenier. En 1934, il adhère au parti communiste et épouse Simone Hié – deux engagements qu'il rompt deux ans plus tard.

Il publie *L'Envers et l'endroit* et écrit avec trois amis une pièce intitulée *Révolte dans les Asturies*, qui est interdite. Journaliste à *Alger républicain*, quotidien interdit en 1940, il dénonce l'oppression coloniale. C'est la première de ses nombreuses prises de position : contre le franquisme, la bombe atomique, les répressions soviétiques, etc.

En 1940, il épouse Francine Faure, avec laquelle il a deux enfants. Il travaille comme secrétaire de rédaction à *Paris-Soir*. En 1942 paraissent chez Gallimard *L'Étranger* et *Le Mythe de Sisyphe*. L'année suivante, il entre dans la Résistance au sein du mouvement Combat dont il prend la direction du journal, de la Libération jusqu'en 1947, année de la publication de *La Peste*. Il fait paraître *L'Homme révolté*, puis *L'Été*, *La Chute* et *L'Exil et le royaume* qui marquent le renouvellement de la création romanesque. En 1957, il obtient le prix Nobel de littérature.

Dès 1953, Camus revient au théâtre, après avoir écrit *Le Malentendu*, *Caligula*, *L'État de siège* et *Les Justes*. Il adapte *Requiem pour une nonne* d'après Faulkner ou *Les Possédés* d'après Dostoïevski. Alors qu'il entreprend de fonder une compagnie, il meurt dans un accident de voiture le 4 janvier 1960. Dans le véhicule se trouve le manuscrit inachevé du *Premier Homme*, un récit autobiographique.

# Stéphane Olivié Bisson, le metteur en scène

© Maria-Letizia Piantoni

Stéphane Olivié Bisson est metteur en scène, comédien et auteur. Après des études théâtrales à l'université Paris 3 puis à l'Ensatt, il commence son apprentissage de la scène par un stage à la mise en scène à Lille au Théâtre de la Métaphore, aux côtés de Daniel Mesguich. Il signe sa première mise en scène en 1994 à la Manufacture des Œillets à Ivry-sur-Seine : *Costa Dorada* est un travail qui met en regard l'œuvre poétique et le journal de Jacques Prevel et la correspondance d'Antonin Artaud. Suit la longue aventure *Quatre heures à Chatila* de Jean Genet qui le mène de l'Institut du Monde Arabe à Paris jusqu'aux théâtres de Beyrouth, d'Amman en Jordanie ou de Jérusalem. En 2000, il monte *Sarcelles-sur-Mer*, une pièce écrite par son père Jean-Pierre Bisson, au Théâtre de la Tempête à La Cartoucherie puis en tournée.

Après cette expérience marquante, il se consacre plus largement au travail d'acteur sous la direction notamment de Magali Léris dans *Littoral* de Wajdi Mouawad, Joël Dragutin dans *Grande vacance*, Stéphane Fievet dans *Laisse-moi te dire une chose*, Marc Lesage pour le texte *Un bon moment de solitude*, dont l'auteur n'est autre que Stéphane Olivié Bisson, ou encore *Nietzsche, Wagner et autres cruautés* de Gilles Tourman, dans une mise en scène de Marc Lesage.

Auteur de films documentaires, il s'apprête à réaliser son premier long-métrage *La dernière image*, d'après un scénario dont il est l'auteur.

C'est en apprenant l'existence d'une version primitive de *Caligula* – dont la rédaction débute en 1938 et s'achève en 1941, d'où son surnom – dans les *Cahiers Albert Camus* (n°4) que Stéphane Olivié Bisson prend connaissance d'un texte qui le bouleverse et dans lequel il voit, à travers la figure de Caligula, les complexités d'un auteur que la postérité aura souvent mal compris. Comme une continuité, c'est avec *Baal* de Bertolt Brecht qu'il entend poursuivre son travail de mise en scène, avec le même interprète, Bruno Putzulu, dans lequel il a trouvé un frère de théâtre.

# Les comédiens

De gauche à droite : Claire Hélène Cahen, Clément Carabédian, Gauthier Baillot, Pascal Castelletta, Bruno Putzulu, Cécile Paoli, Patrick d'Assumçao, Jean de Coninck. © Maria-Letizia Piantoni

## BRUNO PUTZULU

(*Caligula*)

Il est engagé au cinéma par Jean-Luc Godard, Bertrand Tavernier, Jacques Audiard, Jean-Charles Tacchella, François Dupeyron, Michel Boujenah, Stéphane Giusti, Jean-François Richet ou encore James Ivory. Pensionnaire de la Comédie-Française de 1994 à 2003, il a joué sous la direction de Philippe Adrien, Catherine Hiegel, Frédéric Bélier-Garcia, Antoine Vitez, Alain Françon, Roger Planchon, Jean-Louis Benoît, Georges Lavaudant, Jean-Pierre Miquel ou Jacques Lassalle.

C'est après avoir rencontré Stéphane Olivié Bisson sur le tournage du film de Jean-Charles Tacchella *Les gens qui s'aiment* au Luxembourg que leurs liens se sont tissés. « Ce qui m'a d'abord donné l'idée de lui proposer le rôle de Caligula, c'est que je retrouvais chez lui naturellement cette aptitude au déséquilibre autant qu'un côté très terrien, très concret ainsi qu'une inguérissable et bouleversante nostalgie de l'enfance », précise le metteur en scène.

## CÉCILE PAOLI

(*Cæsonia*)

Cécile Paoli mène en France et en Angleterre une carrière où le théâtre est prépondérant. Marcel Maréchal, Roger Planchon, Jacques Weber, Bernard Giraudeau, Thierry Harcourt, Thomas Le Douarec, Adrian Noble, John Barton ou Howard Davies l'ont dirigée mais également joué avec elle. Elle est aussi apparue au cinéma chez Ermanno Olmi, Roger Coggio ou encore Peter Sehr. Pour Stéphane Olivié Bisson, « sa finesse de jeu, ses ambiguïtés toutes en trompe-l'œil et sa stature belle et haute [l]'ont convaincu d'emblée de la distribuer dans le rôle complexe de Cæsonia. »

### PATRICK D'ASSUMÇAO

(*Hélicon*)

Interprète des textes de Cicéron, Nathalie Saugeon, Arthur Schnitzler, Sartre, Breton, Lars Norén, Goldoni, Racine, Zweig, Beckett, Anouilh, Labiche, Musset ou des Marx Brothers, il incarne ici la réjouissante et provocante partition d'Hélicon, cet homme du peuple, ancien esclave affranchi par l'Empereur, impatient de prendre sa revanche sur une société de nantis à l'occasion d'un grand jeu de massacre.

### GAUTHIER BAILLOT

(*Cherea*)

« C'est sous la direction de Guy-Pierre Couleau dans *Les Justes* de Camus et dans *Les Mains sales* de Sartre que je l'ai vraiment découvert. Son exigence, son autorité ainsi qu'un certain charme noir transparaissaient de toute évidence », déclare Stéphane Olivié Bisson à son propos. Il a joué au théâtre sous la direction de Lars Norén, Christophe Perton, Charles Berling, Claude Yersin, Philippe Delaigue, Joel Jouanneau, Adel Hakim, Daniel Girard, Christophe Lemaître, Richard Brunel ou encore Agathe Alexis. Il a abordé tour à tour les répertoires de Corneille, Sénèque, Dostoïevski, Shakespeare, Lagarce, Bond, Handke, Valetti ou Labiche. « Le rôle complexe de Cherea, maintes fois remanié par Camus d'après les circonstances historiques, réclame de l'acteur une passion pour le paradoxe et un attrait pour les zones incertaines d'un caractère rentré et pourtant très affirmé. C'est un travail en creux d'acteur funambule. »

### JEAN DE CONINCK

(*Le Vieux Patricien / Mereia*)

Acteur au cinéma chez Gérard Brach, José Giovanni, Maurice Dugowson, Laurent Heynemann, Robert Enrico, Pierre Salvadori ou Jean-Pierre Sentier et au théâtre chez Georges Werler, Bernard Sobel, Robert Hossein, Patrice Chéreau, Pierre Santini ou Andonis Vouyoucas, il amène cette présence lunaire qui caractérise la figure drolatique et pathétique du Vieux Patricien prêt à toutes les alliances et les compromissions.

### CLÉMENT CARABÉDIAN

(*Mucius, le deuxième patricien*)

Diplômé d'histoire, il est formé au conservatoire de Saint-Mandé et intègre l'Ensatt en 2006 où il participe à des ateliers-spectacle sous la direction de Bernard Sobel, Christian Schiaretti, Alain Françon, etc. Récemment, il a joué dans *Lorenzaccio,* mis en scène par Claudia Stavisky et dans *Cymbeline,* monté par Bernard Sobel.

### PASCAL CASTELLETTA

(*Lepidus, le premier patricien / Un poète*)

Metteur en scène et acteur, il a monté Brecht, Lagarce, Mamet, Bond, Tardieu, Shakespeare, Musset, et Baudelaire pour le festival d'Avignon. Acteur, il a joué Shepard, Mamet, Durringer, Shakespeare, Büchner, Artaud, Joyce, Garni, Cales, Kafka, David, Ives et Tchekhov. Professeur à Acting International depuis 1995, il a travaillé avec Elizabeth Chailloux, Augusto Boal, Xavier Durringer, Richard Bean,

De gauche à droite : Gauthier Baillot, Pascal Castelletta et Jean de Coninck. © Maria-Letizia Piantoni

Robert Cordier, Leslie Chatterlay, Vincent Rouche, Kazem Sharyari, Myron Meerson et Étienne Valès pour France Culture. Directeur pédagogique et artistique du Réactif Théâtre, il écrit et met en scène les pièces de cette compagnie.

### MAXIME MIKOLAJCZAK

(*Scipion*)

Venu du conservatoire de Bordeaux, il est issu de la formation de l'Erac. Il a, dans ce cadre, joué de nombreux rôles, avec les metteurs en scène Simone Amouyal, Didier Galas, Richard Sammut, Christian Esnay, Guillaume Vincent, etc.

### CLAIRE HÉLÈNE CAHEN

(*Drusilla / Femme de Mucius*)

Née à Metz en 1983, elle suit une licence d'études théâtrales à Paris 3, puis intègre l'Ensatt à Lyon où elle travaille auprès de Marc Paquien, Matthias Langhoff et Michel Raskine. Elle a joué dans les créations de Stéphanie Loïk, Michel Didym, Bertrand Sinapi et Stéphane Olivié Bisson. Au cinéma, elle a joué dans les longs-métrages de Hassan Ben Jelloun (*Les Oubliés de l'histoire*), Selma Bargach (*La cinquième corde*) et Philippe Sisbane (*Corso*).

## L'équipe artistique

### Georges Vafias, *scénographie*

Architecte et scénographe, Georges Vafias est un de ces « architectes de plâtre et de vent » selon le mot de Prévert à propos de Trauner. Grec de naissance et de culture, il est très familier de cette « pensée de midi » vers laquelle penchaient naturellement Albert Camus et René Char. « Pour lui, le théâtre est un art léger constitué d'éphémère et de fragilité sensible, explique Stéphane Olivié Bisson. Par la puissance de son invention, il invite le théâtre à dépasser la matière. Chez lui, aucune idée ne se satisfait d'elle-même. Il ne produit que des machines à jouer, transformables, mouvantes, espiègles, replaçant l'acteur au centre. Après avoir travaillé avec bonheur avec lui sur *Sarcelles-sur-Mer*, de mon père Jean-Pierre Bisson au Théâtre de la Tempête, je n'attendais qu'une occasion pour approfondir cette collaboration. » Georges Vafias a participé aux créations de Maria Zachenska autour de Dostoïevski ou de ses expériences africaines, avec Nicolas Struve sur l'œuvre de Marina Tsvetaïeva, Gil Bourrasseau et le collectif Artmobile pour *Homme pour Homme* de Brecht notamment, Jean-René Lemoine pour *Ecchymose*, Bruno Cochet et Nabil El Azan à Chaillot, ainsi que de nombreuses scénographies d'opéra à Athènes.

**Rose Marie Melka, *costumes***

« Ce qui m'a séduit chez Rose Marie, explique Stéphane Olivié Bisson, c'est l'éclectisme de ses choix et les surprises de son parcours. Sa curiosité insatiable, son ouverture d'esprit et sa passion pour l'histoire de la peinture ont fini de me convaincre. Elle m'a très vite proposé de composer un monde en mêlant des influences, des époques, des styles qui nous permettront d'introduire ces personnages lointains comme de hautes et belles figures sorties du temps. »

Elle crée des costumes pour le cinéma, la danse, la télévision, l'opéra et le théâtre. Au cinéma, elle a réalisé les costumes des films de Catherine Breillat, Sébastien Jaudeau, Tony Gatlif, Nicolas Boukhrief, Agnès Varda. Depuis 1998, elle réalise les costumes des chorégraphies de Bernardo Montet. Au théâtre, elle a travaillé avec Régis Santon, Richard Foreman et très récemment avec Caterina Gozzi.

**Lauriano de La Rosa, *lumières***

« J'avais remarqué sa patte il y a fort longtemps chez Philippe Adrien dans ses mises en scène de *L'Homosexuel* de Copi et *Victor ou les enfants au pouvoir* de Vitrac, mais celui de ses travaux qui m'avait le plus marqué était cette recherche sur la source unique à l'occasion d'une présentation d'un spectacle d'Olivier Py avec les élèves du Conservatoire et Anna Mouglalis à la Manufacture des Œillets. Cette folle contrainte de s'imposer une seule source de lumière par scène jusqu'au terme de ce spectacle-fleuve m'était apparue comme une contrainte de poète et m'avait alors décidé à vouloir un jour associer son travail au mien. » Ancien directeur technique au Conservatoire national supérieur d'art dramatique, il met en lumière nombre de spectacles de Stuart Seide, Daniel Mesguisch, Alain Françon et Philippe Adrien.

**Jean-Marie Sénia, *musique***

Grand mélomane et récompensé par de nombreux prix de conservatoire, il est compositeur de musiques de film (pour Rivette, Tanner, Giovanni, Fansten, Belmont, etc.) et de musiques de scène pour le théâtre ou les marionnettes. Il a ressuscité l'accompagnement en direct des films muets au piano. « Je l'ai retrouvé alors qu'il accompagnait sur scène et au piano le très beau spectacle *Le Suicidé* mis en scène par Volodia Serre, explique Stéphane Olivié Bisson. Mais je ne pouvais ignorer qu'il avait déjà composé de nombreuses musiques de scène pour les pièces de mon père Jean-Pierre Bisson dans les années 1970 et 1980. »

De gauche à droite : Cæsonia (Cécile Paoli), Caligula (Bruno Putzulu), Cherea (Gauthier Baillot), Le Vieux Patricien (Jean de Coninck), Mucius (Clément Carabédian), Un poète (Pascal Castelletta), Scipion (Maxime Mikolajczak)

## Personnages

*(Par ordre d'entrée en scène.)*

PREMIER SÉNATEUR, DEUXIÈME SÉNATEUR, TROISIÈME SÉNATEUR, *de quarante à soixante ans*

CHEREA, *trente ans*

HÉLICON, *trente ans, familier de Caligula*

LE JEUNE SCIPION, *dix-sept ans*

CALIGULA, *de vingt-cinq à vingt-neuf ans*

CÆSONIA, *trente-cinq ans, maîtresse de Caligula*

SÉNATEURS

L'INTENDANT, *cinquante ans*

LE VIEUX SÉNATEUR, *soixante et onze ans*

UN CHEVALIER

OCTAVIUS

UNE VOIX

UN AUTRE

LEPIDUS

MUCIUS, *trente-trois ans*

MEREIA, *soixante ans*

PRÆTEXTUS, *quarante ans*

LE GARDE

METELLUS

PREMIER POÈTE

DEUXIÈME POÈTE

TROISIÈME POÈTE

CINQUIÈME POÈTE

SIXIÈME POÈTE

SEPTIÈME POÈTE

*Gardes, Soldats, Esclaves, La femme de Mucius, Cymbalistes, Serviteurs, Un esclave, Chevaliers, Poètes, Quatrième poète*

*Décor :*
*Il n'a pas d'importance. Tout est permis, sauf le genre « romain ».*
*Le premier, le troisième et le quatrième actes se passent dans une salle du palais impérial. Il est nécessaire qu'il y ait un miroir (grandeur d'homme), un gong et un lit-siège.*
*Le second acte dans une salle à manger de Cherea.*

*Note 1 : Caligula est un homme très jeune. Il est moins laid qu'on ne le pense généralement. Grand, mince, son corps est un peu voûté, sa figure enfantine.*
*Note 2 : En dehors des « fantaisies » de Caligula, rien ici n'est historique. Ses mots sont authentiques, leur exploitation ne l'est pas.*

*Caligula a été représenté pour la première fois en 1945 sur la scène du Théâtre Hébertot (direction Jacques Hébertot), dans la mise en scène de Paul Œttly ; le décor étant de Louis Miquel et les costumes de Marie Viton.*
*Distribution : Gérard Philipe (Caligula), Margo Lion (Cæsonia), Georges Vitaly (Hélicon), Michel Bouquet, puis Georges Carmier (le Jeune Scipion), Jean Barrère (Cherea), Georges Saillard (le Vieux Sénateur), François Darbon (Metellus), Henry Duval (Lepidus),Norbert Pierlot (Octavius), Fernand Liesse (l'Intendant), Guy Favières (Mereia), Jacques Leduc (Mucius), Jacqueline Hébel (la femme de Mucius).*

# Caligula

## version primitive de 1941

*Il faut être économe ou César.*
*Caligula*

## ACTE I
## Désespoir de Caligula

### Scène 1

*Tout ce début, jusqu'à l'entrée de Caligula, est joué très vite.*

**PREMIER SÉNATEUR :** Il n'est pas encore revenu ?

**DEUXIÈME SÉNATEUR :** Non.

**TROISIÈME SÉNATEUR :** On l'a recherché dans toute la campagne. Des courriers sont partis.

**DEUXIÈME SÉNATEUR :** Voilà déjà trois jours qu'il s'est enfui.

**PREMIER SÉNATEUR :** Oui, je l'ai vu passer. Il avait le regard d'une bête blessée.

**DEUXIÈME SÉNATEUR :** C'est inquiétant.

**PREMIER SÉNATEUR :** Non, tous les jeunes gens se ressemblent.

**TROISIÈME SÉNATEUR :** Bien entendu. L'âge efface tout.

**DEUXIÈME SÉNATEUR :** Vous croyez ?

**TROISIÈME SÉNATEUR :** Mais oui. Les peines d'amour ne durent pas.

**PREMIER SÉNATEUR :** Il oubliera.

**DEUXIÈME SÉNATEUR :** C'est vrai. Une de perdue, dix de retrouvées.

**TROISIÈME SÉNATEUR :** Êtes-vous capables de souffrir plus d'un an ?

**PREMIER SÉNATEUR :** Moi, non.

**TROISIÈME SÉNATEUR :** Personne n'a ce pouvoir.

**DEUXIÈME SÉNATEUR :** Heureusement, la vie serait impossible.

**TROISIÈME SÉNATEUR :** Vous voyez bien. Tenez, moi, j'ai perdu ma femme l'an passé. J'ai beaucoup pleuré. Et puis j'ai oublié. De temps en temps, j'ai de la peine. Mais surtout quand je pense qu'elle m'a laissé seul.

**PREMIER SÉNATEUR :** C'est naturel.

*Entrent Cherea et Hélicon.*

## Scène 2

**Premier sénateur :** Alors ?

**Cherea :** Toujours rien.

**Troisième sénateur :** Il reviendra bien.

**Cherea :** Mais est-ce bien lui qui reviendra ?

**Troisième sénateur :** Qu'est-ce que tu veux dire ?

**Cherea :** Rien.

**Hélicon :** De toute façon, ne nous affolons pas.

**Deuxième sénateur :** Mais oui.

**Hélicon :** Ne nous affolons pas. C'est l'heure du déjeuner.

**Cherea :** Nous n'avions pas besoin de cela. Caligula était l'empereur idéal. Après Tibère, la nécessité s'en faisait sentir.

**Premier sénateur :** Oui. Personne comme Caïus n'a montré tant de grandeur et de noblesse dans les sentiments.

**Troisième sénateur :** Mais enfin, qu'avez-vous ? Cela ne l'empêchera pas de continuer. Il aimait Drusilla, d'accord. Mais tout de même ! C'était sa sœur après tout. Coucher avec sa sœur, c'est déjà exagéré. Mais faire une maladie parce qu'elle est morte, c'est nettement abusif.

**Deuxième sénateur :** Oui. Et si la raison d'État peut admettre l'inceste, elle doit être sans pitié s'il se retourne contre l'État lui-même.

**Cherea :** Bon, bon. Nous ne sommes pas au sénat. Chacun sait, Patricius, que si ta sœur n'était pas si laide, tu n'aurais pas tant de vues ingénieuses sur la raison d'État.

*Entre le Jeune Scipion. Cherea va vers lui.*

## Scène 3

**Cherea :** Alors ?

**Le Jeune Scipion :** Encore rien. Des paysans ont cru le voir dans la nuit d'hier, près d'ici, courant à travers l'orage.

*Cherea se détourne.*

**Troisième sénateur :** Il y a bien trois jours qu'il s'est enfui ?

**Le Jeune Scipion :** Oui. Tout de suite après avoir vu le corps de Drusilla. J'étais là. J'ai toujours été son ami. Il s'est avancé et il a touché le cadavre. Il a poussé une sorte de petit cri et il s'est enfui sans tourner la tête. Depuis, on court après lui.

**Cherea :** Ce garçon aimait trop la littérature.

**Troisième sénateur :** C'est de son âge.

**CHEREA :** Oui, mais ce n'est pas de son rang. Un empereur artiste. Nous en avons eu un ou deux, bien sûr. Des brebis galeuses. Les autres, du moins, ont eu le bon goût de rester des adjudants.

**PREMIER SÉNATEUR :** En tout cas, c'était plus reposant.

**LE JEUNE SCIPION :** *(à Cherea)* Dites, il faut faire quelque chose.

**CHEREA :** Oui, il faut attendre.

**TROISIÈME SÉNATEUR :** S'il ne revient pas, nous le remplacerons. Ce ne sont pas les empereurs qui nous manquent.

**DEUXIÈME SÉNATEUR :** Nous, nous manquons seulement de caractères.

**CHEREA :** Et s'il revient mal disposé ?

**TROISIÈME SÉNATEUR :** Eh bien, c'est encore un enfant, nous le mettrons à la raison.

**CHEREA :** Et s'il n'entend pas raison ?

**TROISIÈME SÉNATEUR :** Ma foi, j'ai écrit dans le temps un traité du coup d'État.

**CHEREA :** Voilà la première chose intelligente que tu aies dite depuis ce matin. Oui, j'ai besoin d'un empereur paisible. D'abord, j'ai un roman à finir.

**LE JEUNE SCIPION :** Je vous demande pardon.

*Il sort.*

**CHEREA :** Il est offusqué.

**PREMIER SÉNATEUR :** C'est un enfant. Et les jeunes gens sont solidaires.

*Ils sortent.*

## Scène 4

*La scène reste vide quelques secondes. Caligula entre furtivement par la gauche. Il est égaré, sale, il a les cheveux pleins d'eau et les jambes souillées. Sa bouche pend. Il porte plusieurs fois sa main aux lèvres. Il avance vers le miroir et dès qu'il se voit, s'arrête avec un petit rire. Puis il se parle gentiment.*

**CALIGULA :** Monstre, Caligula. Monstre pour avoir trop aimé. *(Changeant de ton, avec sérieux.)* J'ai couru, tu sais. C'est bien long, trois jours. Je n'en avais aucune idée, avant. Mais c'est ma faute. *(Avec une voix tout à coup douloureuse.)* C'est ridicule de croire que l'amour répond à l'amour. Les êtres meurent dans vos mains, voilà la vérité. *(Il halète et se comprime les côtes.)* Et quand ils sont morts, ça n'est plus eux. *(Il s'assoit et explique à son image.)* Ce n'était plus elle. J'ai couru, tu sais. Je reviens de loin ! Je la portais sur mon dos. Elle, vivante, loin de son cadavre au visage d'étrangère. Elle était lourde. Elle était lourde et tiède. C'était son corps, sa vérité chaude et souple. Elle était encore à moi et elle m'aimait sur cette terre. *(Il se lève,* *soudain affairé.)* Mais j'ai beaucoup à faire. Il faut encore que je l'emmène loin, dans cette campagne qu'elle aimait – où elle marchait si justement que le balancement de ses épaules suivait pour moi la ligne des collines à l'horizon. *(Il s'arrête, de plus en plus égaré. Il tourne le dos au miroir et s'appuie contre lui. Il ferme un moment les yeux. On entend sa respiration rauque. Il grommelle des paroles indistinctes. D'une voix à peine éveillée.)* Monstre, Caligula, monstre. Il faut partir maintenant. Qui peut vivre les mains vides qui tenait avec elles tout l'espoir du monde ? Comment sortir de là ? *(Il rit d'un rire faux.)* Faire un contrat avec sa solitude, hein ? S'arranger avec sa vie. Se donner des raisons, se faire une petite vie et une consolation. Très peu pour Caligula. *(Il frappe du plat de la main sur le miroir.)* Très peu pour toi, n'est-ce pas ?

*On entend des voix. Caligula se redresse et regarde de tous côtés. Il prononce le nom de Drusilla, regarde le miroir et fuit le visage qui ricane devant lui. – Entre en courant le Jeune Scipion suivi de Cæsonia et d'Hélicon.*

## Scène 5

**LE JEUNE SCIPION :** Il n'y a personne.

**CÆSONIA :** Hélicon, ne t'a-t-il rien dit hier soir ?

**HÉLICON :** Je ne suis pas son confident. Je suis son spectateur.

**CÆSONIA :** Je t'en prie, Hélicon.

**HÉLICON :** Chère Cæsonia, Caïus est un sentimental. Tout le monde le sait. Et le sentiment, cela n'enrichit pas, cela se paie. Mais vous permettez, le déjeuner.

*Il sort.*

**CÆSONIA :** *(essoufflée)* Un garde l'a vu passer. Mais Rome tout entière voit Caligula partout. Et Caligula ne voit que l'ombre de Drusilla.

*Elle s'assoit, douloureuse. Silence.*

**LE JEUNE SCIPION :** Dites, Cæsonia, l'aimait-il à ce point ?

**CÆSONIA :** C'est pire, mon petit. Il la désirait aussi.

**LE JEUNE SCIPION :** Comme tu dis cela.

**CÆSONIA :** C'est que, vois-tu, s'il l'avait seulement aimée, sa mort n'aurait rien changé. Les maladies de l'âme ne sont pas graves. On s'en sauve par la mélancolie. Mais aujourd'hui sa chair aussi est mordue. Il brûle tout entier.

**LE JEUNE SCIPION :** *(imprudent)* Mais il te désirait aussi.

**CÆSONIA :** Toi, tu t'occupes de ce qui ne te regarde pas. *(Un temps.)* Il me désire, c'est vrai. Mais il faudrait qu'il m'aime.

**Le Jeune Scipion :** *(timidement)* Je ne comprends pas bien.

**Cæsonia :** *(lasse)* Moi, si. Cela veut dire qu'il me demande seulement du plaisir. Est-ce le vrai désir ? Tu sauras plus tard qu'on peut aimer souvent, mais qu'on ne désire jamais qu'une fois.

**Le Jeune Scipion :** Cæsonia, il faut le sauver.

**Cæsonia :** Tu l'aimes donc ?

**Le Jeune Scipion :** *(avec élan)* Tu ne peux savoir comme il a été bon pour moi. Comme il m'a aidé. Comme il a aidé ma famille. Il me parlait de mon œuvre. Il m'encourageait. Il me disait que la vie n'est pas facile mais qu'il y avait l'art, la religion et l'amour qu'on nous porte. Il me disait qu'il ne fallait jamais faire souffrir. Que c'était la seule façon de se tromper. Et qu'il fallait essayer d'être un homme juste pour soi et pour les autres, chanter le bonheur et s'accorder au monde.

**Cæsonia :** *(se levant)* C'était un enfant. *(Elle va vers le miroir et se regarde.)* Je n'ai jamais eu d'autre dieu que mon corps. Et c'est ce dieu que je voudrais prier aujourd'hui pour que Caïus me soit rendu.

*Entre Caligula. Apercevant Cæsonia et Scipion, il hésite et recule. Au même instant entrent à l'opposé les Sénateurs et l'Intendant du palais. Ils s'arrêtent à l'extrémité de la scène, interdits. Silence.*

## Scène 6

**L'Intendant :** *(d'une voix mal assurée)* Nous… nous te cherchions, César.

**Caligula :** *(d'une voix brève et changée)* Je vois.

**L'Intendant :** Nous… c'est-à-dire…

**Caligula :** *(brutalement)* Qu'est-ce que vous voulez ?

**L'Intendant :** Nous étions inquiets, César.

**Caligula :** *(furieux, s'avançant vers lui)* De quel droit ?

**L'Intendant :** Eh heu… *(Inspiré soudain et très vite.)* Enfin, de toute façon, tu sais que tu as à régler quelques questions concernant le Trésor public.

**Caligula :** *(pris d'un rire inextinguible)* Le Trésor ? Mais c'est vrai, voyons, le Trésor, c'est capital, ça.

**L'Intendant :** *(tout heureux)* Mais oui, César, mais oui.

**Caligula :** *(toujours riant, à Cæsonia)* N'est-ce pas, ma chère, c'est très important le Trésor ?

**Cæsonia :** *(doucement)* Non Caligula, pas encore.

**Caligula :** Mais c'est que tu n'y connais rien ! Le Trésor est d'un intérêt puissant. Tout est important : les finances, la moralité publique, la politique extérieure, l'approvisionnement de l'armée et les lois agraires ! Tout est capital, te dis-je. Tout est sur le même pied, la grandeur de Rome et tes crises d'arthritisme. Ah ! je vais m'occuper de tout cela. Écoutez-moi un peu.

**L'INTENDANT :** Nous t'écoutons.

*Les Sénateurs s'avancent.*

**CALIGULA :** Tu m'es fidèle, n'est-ce pas ?

**L'INTENDANT :** *(d'un ton de reproche)* César !

**CALIGULA :** Eh bien, j'ai un plan. Nous allons bouleverser l'économie politique en deux temps. Je vais te l'expliquer, intendant... quand les sénateurs seront sortis.

*Les Sénateurs sortent.*

## Scène 7

*Caligula s'assied près de Cæsonia, et entoure sa taille.*

**CALIGULA :** Écoute bien. Premier temps : tous les sénateurs, toutes les personnes de l'Empire qui disposent de quelque fortune – petite ou grande, c'est exactement la même chose – doivent obligatoirement déshériter leurs enfants et tester sur l'heure en faveur de l'État.

**L'INTENDANT :** Mais César...

**CALIGULA :** Je ne t'ai pas encore donné la parole. À raison de nos besoins, nous ferons mourir ces personnages dans l'ordre d'une liste établie arbitrairement. À l'occasion, nous pourrons modifier cet ordre – toujours arbitrairement. Et nous hériterons.

**CÆSONIA :** *(se dégageant)* Qu'est-ce qui te prend ?

**CALIGULA :** *(imperturbable)* L'ordre des exécutions n'a en effet aucune importance. Ou plutôt ces exécutions ont une importance égale, ce qui entraîne qu'elles n'en n'ont point. D'ailleurs, ils sont aussi coupables les uns que les autres. *(Rudement à l'Intendant.)* Tu exécuteras ces ordres sans délai. Les testaments seront signés dans la soirée par tous les habitants de Rome, dans un mois au plus tard par tous les provinciaux. Envoie des courriers.

**L'INTENDANT :** *(de plus en plus abruti)* César, tu ne te rends pas compte.

**CALIGULA :** Non, c'est toi. *(Avec violence.)* Écoute-moi bien. Si le Trésor a de l'importance, alors la vie humaine n'en a pas. J'ai décidé d'être logique. Vous allez voir ce que la logique va vous coûter. J'ai le pouvoir. J'exterminerai les contradicteurs et les contradictions. S'il le faut, je commencerai par toi. Ton premier mot pour saluer mon retour a été le Trésor. Je te le répète, on ne peut pas mettre le Trésor et la vie humaine sur le même plan. Augmenter l'un, c'est démonétiser l'autre. Toi, tu as choisi. Moi, j'entre dans ton jeu. Je joue avec tes cartes. *(Un temps – avec calme.)* D'ailleurs mon plan par sa simplicité est génial. Tu as trois secondes pour disparaître. Je compte : un...

*L'Intendant disparaît.*

## Scène 8

*Caligula se tourne vers le Jeune Scipion, l'appelle du geste et l'entoure de son bras libre.*

**Caligula :** *(singulièrement)* Ah ! mes enfants. Je viens de comprendre la vertu du pouvoir. Il va de pair avec la liberté d'esprit. Aujourd'hui et pour tout le temps qui va venir, ma liberté n'a pas de limites. *(Avec une soudaine émotion.)* Pas de limites, Cæsonia, tu comprends ?

**Cæsonia :** Oui.

**Le Jeune Scipion :** *(tristement)* Il faut que je parte, César.

**Caligula :** Bien sûr, mon petit.

*Il a les larmes aux yeux. En sortant, Scipion croise Cherea.*

## Scène 9

**Caligula :** Tiens, voilà notre littérateur. C'est curieux, ce besoin que j'ai, tout d'un coup, de parler avec un littérateur.

**Cherea :** Nous faisons des vœux pour ta santé, Caïus.

**Caligula :** Ma santé te remercie, Cherea, elle te remercie. Mais, dis-moi, que penses-tu du pouvoir ?

**Cherea :** Tu me demandes mon opinion sur la liberté, Caïus ?

**Caligula :** C'est ce que je veux dire, en effet.

**Cherea :** Je pense qu'elle est seulement ce que tu lui permets d'être.

**Caligula :** Belle réponse de sophiste. Et toi, Cæsonia, qu'en penses-tu ?

**Cæsonia :** Je pense que tu devrais aller te reposer.

**Caligula :** Belle réponse d'idiote. C'est tout, Cherea.

**Cherea :** C'est tout, Caïus.

**Caligula :** *(il se lève, commence normalement, changeant de ton, de plus en plus haut, et finit avec une expression convulsée)* Eh bien, je vais compléter ta documentation et t'apprendre qu'il n'y a qu'une liberté, celle du condamné à mort. Parce que celui-là, tout lui est indifférent, en dehors du coup qui fera gicler son sang. Voilà pourquoi vous n'êtes pas libres. Voilà pourquoi dans tout l'Empire romain, Caligula seul est libre, parmi toute une action d'esclaves. À ce peuple orgueilleux de ses libertés dérisoires, il est enfin venu un empereur qui va lui donner sa liberté profonde. *(Il s'arrête, haletant. D'une voix étrange.)* C'est comme si, à partir de cette heure, vous viviez tous en condamnés à mort, comme les plus chers et les plus délivrés de mes enfants. *(Un temps. D'une voix neutre.)* Va-t'en maintenant. Reste, Cæsonia.

## Scène 10

*Caligula s'est détourné.*

**CÆSONIA :** Tu pleures, Caligula.

**CALIGULA :** *(toujours détourné)* Oui, Cæsonia.

**CÆSONIA :** Tu l'aimais tant que cela ?

**CALIGULA :** Je ne sais pas, Cæsonia. *(Cæsonia va vers lui et le prend aux épaules. Caligula sursaute.)* Ne me touche pas. Je ne veux pas qu'on me touche. *(Plus doucement.)* Reste ce que tu étais. Tu es la seule femme qui ne m'ait jamais caressé les cheveux. Nous nous comprenons sur beaucoup de points, n'est-ce pas ?

**CÆSONIA :** Je crois que oui.

**CALIGULA :** Alors reste près de moi sans parler. Je sortirai peut-être de là. Mais je sens monter en moi des êtres sans nom – comme les visages horribles d'une liberté inhumaine. Je ne puis plus rien contre eux, tu comprends. Je savais qu'on pouvait être désespéré. Mais je ne savais pas ce que ce mot voulait dire. Je croyais comme tout le monde que c'était une maladie de l'âme. Mais non, et c'est mon corps qui souffre. *(D'une voix malade.)* J'ai mal au cœur, Cæsonia. Non, n'approche pas. Laisse-moi. J'ai comme une envie de vomir dans tout le corps. Mes membres me font mal. Ma peau me fait mal. J'ai la tête creuse. Mais le plus affreux, c'est ce goût dans la bouche. Ce n'est pas du sang, ce n'est pas la mort, ni la fièvre. C'est tout ça en même temps. Il suffit que je remue la langue pour que tout redevienne noir et que les êtres me répugnent.

**CÆSONIA :** Cela va passer, mon petit. Étends-toi. Dors. Dors plusieurs jours. Laisse-toi aller et ne réfléchis plus. Cela ne peut pas durer toujours. Ce serait inhumain. Après, tu te réveilleras. Il y aura encore la campagne que tu aimes et la douceur du soir. Tu as le pouvoir et tous les êtres sont à toi, toutes les bouches où tu veux mordre. Tu garderas Cæsonia qui se taira près de toi. Et peu à peu, tu renaîtras et tu redeviendras bientôt celui que tout Rome a aimé.

**CALIGULA :** Ne me parle pas de celui-là. Il me dégoûte. *(Il s'assoit près du miroir, il met la tête dans ses mains.)* Je voudrais guérir et je ne le puis pas. Quand je ne savais pas qu'on pouvait mourir, tout me paraissait croyable. Même

Cæsonia (Cécile Paoli) et Caligula (Bruno Putzulu)

leurs dieux, même leurs espoirs et leurs discours. Plus maintenant. Maintenant, je n'ai rien que ce pouvoir dérisoire dont tu parles. Plus il est démesuré et plus il est ridicule. Parce qu'il ne compte pour rien auprès de certains soirs où Drusilla se retournait vers moi. *(Un temps.)* Ce n'était pas elle, c'était le monde qui riait par ses dents.

**CÆSONIA :** Ne pense pas à toutes ces choses, tu…

**CALIGULA :** *(violemment)* Si, il faut y penser. Il faut y penser au contraire. *(Il s'agite et redevient nerveux.)* J'ai compris un soir auprès d'elle que toute ma richesse était sur cette terre. Et c'est de ce soir-là que je ne peux me détacher. *(Sourdement.)* Avec elle, c'est la terre tout entière que je viens de perdre.

**CÆSONIA :** Caligula !

**CALIGULA :** *(comme poursuivant un rêve intérieur, véhément)* Je ne suis pas un idéaliste, moi. Je ne suis pas un poète. Je ne peux pas me contenter de souvenirs. Je ne saurai pas. C'est un vice que je ne connais pas. Je ne me suis jamais masturbé, c'est la même chose. À douze ans, j'ai connu l'amour. Je n'ai pas eu le temps de me faire des imaginations. Ce qu'il me faut, c'est un corps, une femme avec des bras et des odeurs d'amour. Le reste c'est pour les fonctionnaires, les comédiens et les impuissants. Et pourtant, voici le plus douloureux : de ce soir-là, c'est tout ce qui me reste – le souvenir et sa pourriture. Faut-il donc être fonctionnaire ? *(Il se lève et va vers le miroir. Cæsonia tend les bras vers lui, mais il ne la voit pas.)* Elle avait une voix douce et elle parlait sans heurts. Mais aujourd'hui son corps pour moi n'est pas plus réel que l'image de ce miroir. Ce dialogue de ce miroir à moi, et de son ombre à moi, si tu savais, Cæsonia, l'affreuse envie que j'ai de le jouer.

**CÆSONIA :** *(dans un cri)* Non, je t'en prie, tais-toi.

**CALIGULA :** C'est elle qui parlait d'abord.

**CÆSONIA :** *(elle se jette sur lui et s'agrippe à ses bras)* Tu vas te taire. Tu ne vas pas faire ça.

*Caligula se débarrasse doucement de ses mains et marche vers le miroir avec un sourire indicible.*

**CALIGULA :** Ce qu'elle disait n'avait pas d'importance tout de suite. C'était pour donner le ton. C'était le *la* d'un langage de musique et de sang – musique du cœur, sang du désir.

*Il tend les mains vers le miroir. Cæsonia s'assoit mais cache sa tête dans ses mains. La scène qui suit, grotesque dans les faits, ne doit jamais l'être dans le ton.*

## Scène 11

**CALIGULA :** *(toujours la même attitude bouleversée)* C'est moi qui ai commencé. *(Il récite un peu.)* Si tu venais près de moi, Drusilla. *(Confidentiel.)* C'est ce que je lui disais. Plus près, et encore plus près, pour qu'il y ait… Non, n'aie pas peur. Je ne te désire pas – pas encore ou plus du tout, je ne sais pas. Quand je mets ma main sur le corps d'une autre femme, c'est tout le regret de ta chair qui me monte aux lèvres. Et quand d'autres que toi s'appuient sur mon épaule, je les tuerais sans sourire à les voir faire les gestes d'une tendresse qui n'appartient qu'à toi. *(Il s'arrête et tourne un peu sur lui-même. Il reprend les phrases de Drusilla de la même voix, mais plus lente et plus douloureuse.)* Tais-toi, Caïus. *(Confidentiel.)* Elle me priait souvent de me taire. Ne réveille pas mes regrets. C'est si terrible d'aimer dans la honte. Oh ! mon frère ! Lorsque je vois mes compagnes se taire et devenir songeuses, lorsque je lis dans leurs yeux l'image secrète et tendre qu'elles caressent farouchement, ah ! je leur envie cet amour qu'elles taisent quand elles pourraient l'avouer ! Mais elles referment leur bonheur pour le mieux préserver. Et moi je me tais à cause du malheur où mon amour me plonge. *(La voix de Caligula faiblit.)* Et pourtant, des soirs comme ce soir, devant ce ciel plein de l'huile brillante et douce des étoiles, comment ne pas défaillir devant ce que mon amour a de pur et de dévorant ?

*Cæsonia pleure. Elle fait un geste et d'une voix étouffée.*

**CÆSONIA :** Assez.

**CALIGULA :** Pur, Drusilla, pur comme les étoiles pures. Je t'aimais, Drusilla. Comme on aime la mer ou la nuit, avec un enfoncement qui a la lenteur et le désespoir des naufrages. Et chaque fois que je sombrais dans cet amour, je me fermais aux bruits du monde et à l'infernal tourment de la haine. Ne me quitte pas, Drusilla. J'ai peur. J'ai peur de l'immense solitude des monstres. Ne te retire pas de moi. Oh ! cette douceur et ce dépassement. *(Il s'arrête brusquement avec des hoquets de larmes. Il fait volte-face, se tourne vers Cæsonia et la prend aux épaules. Il parle avec véhémence et d'une voix pleine d'éclats.)* Voilà ce qui me poursuit. Ce dépassement… vois-tu, et l'ordure puante que cela est devenu en quelques heures. Tu as entendu l'autre : le Trésor public ! Ah ! c'est maintenant que je vais vivre enfin. Vivre, Cæsonia, vivre, c'est le contraire d'aimer. C'est moi qui te le dis. Le beau spectacle, Cæsonia. Et il me faut du monde, des spectateurs, des victimes et des coupables. *(Il saute sur le gong et frappe sans arrêt, à coups redoublés. Toujours frappant.)* Faites entrer les coupables. Je veux les voir. Il me faut des coupables. Et ils le sont tous. *(Frappant toujours.)* Je veux qu'on fasse entrer les condamnés à mort. Du public, du public, Cæsonia. Je leur montrerai ce qu'ils n'ont jamais vu, ma colombe. *(Il rit à perdre haleine,* *toujours frappant.)* Je leur montrerai un homme libre – le seul de tout cet empire. *(Au son du gong, le palais peu à peu s'est rempli de rumeurs qui grossissent et approchent. Des voix, des bruits d'armes, des pas et des piétinements. Caligula rit et frappe toujours. Des gardes entrent puis sortent. Frappant.)* Et toi, Cæsonia, tu m'obéiras. Tu m'aideras toujours. Ce sera merveilleux. Jure de m'aider, Cæsonia.

**CÆSONIA :** *(hagarde, entre deux coups de gong)* Je n'ai pas besoin de jurer puisque je t'aime.

**CALIGULA :** *(même jeu)* Tu feras tout ce que je te dirai.

**CÆSONIA :** *(même jeu)* Tout, Caligula, mais arrête.

**CALIGULA :** *(toujours frappant)* Tu seras cruelle.

**CÆSONIA :** *(pleurant)* Cruelle.

**CALIGULA :** *(même jeu)* Froide et implacable.

**CÆSONIA :** *(tendant les bras vers lui)* Implacable.

**CALIGULA :** *(même jeu)* Tu souriras aussi.

**CÆSONIA :** *(s'effondrant)* Oui, Caligula, mais je deviens folle.

*Des sénateurs sont entrés, ahuris, et avec eux les gens du palais et les précédents. Caligula frappe un dernier coup, lève son maillet, se retourne vers eux et les appelle.*

**CALIGULA :** *(insensé)* Venez tous. Approchez. Je vous ordonne d'approcher. *(Il trépigne.)* C'est un empereur qui exige que vous approchiez. Vous savez ce que c'est, un empereur. Cela donne de la copie aux historiens et du prestige à des institutions qui en ont bien besoin. *(Tous avancent, pleins d'effroi.)* Venez vite. Et maintenant, approche, Cæsonia. *(Il la prend par la main, la mène près du miroir et, du maillet, efface frénétiquement une image sur la surface polie. Il rit.)* Plus de Drusilla, tu vois. Plus de Drusilla. Et sais-tu ce qui reste ? Approche encore. Regarde. Approchez. Regardez.

*Il se campe devant la glace dans une attitude absurde et démente. Cæsonia regarde avec horreur l'image de l'empereur fou.*

**CÆSONIA :** *(avec effroi)* Caligula !

*Caligula change de ton, pose son doigt sur la glace et le regard soudain fixe, dit d'une voix triomphante.*

**CALIGULA :** CALIGULA.

*Rideau.*

# Acte II
## Jeu de Caligula

### Scène 1

*Réunion de sénateurs chez Cherea.*

**Le Vieux Sénateur :** Il remue dans ma main son doigt du milieu. Il m'appelle petite femme. Il me caresse les fesses. À mort.

**Premier sénateur :** Il nous fait courir tous les soirs autour de sa litière quand il va se promener dans la campagne.

**Deuxième sénateur :** Et il nous dit que c'est bon pour la santé.

**Troisième sénateur :** Rien ne peut excuser cela.

**Le Vieux Sénateur :** Il n'y a pas d'excuses à cela.

**Troisième sénateur :** Non, on ne peut pardonner cela.

**Deuxième sénateur :** Patricius, il a confisqué tes biens. Scipion, il a tué ton père. Octavius, il a enlevé ta femme et la fait travailler maintenant dans sa maison publique. Lepidus, il a tué ton fils. Allez-vous supporter cela ? Pour moi, mon choix est fait. Entre le risque à courir et cette insupportable vie qui m'est faite dans la peur et l'impuissance, je ne peux pas hésiter.

**Le Jeune Scipion :** *(à voix basse)* Il a tué mon père.

**Deuxième sénateur :** Hésiterez-vous encore ?

**Un chevalier :** Nous sommes avec toi. Il a donné au peuple nos places de cirque et nous a poussés à nous battre avec la plèbe, pour mieux nous punir ensuite.

**Le Vieux Sénateur :** C'est un lâche.

**Deuxième sénateur :** Un cynique.

**Troisième sénateur :** Un comédien.

**OCTAVIUS :** C'est un impuissant, ma femme me l'a dit.

*Tumulte désordonné. Des armes sont brandies. Un flambeau tombe. Une table est renversée. Tout le monde se précipite vers la sortie. Mais entre Cherea, impassible, qui arrête cet élan.*

## Scène 2

**CHEREA :** Comme vous êtes pressés. Où courez-vous ?

**DEUXIÈME SÉNATEUR :** *(indigné)* Au palais !

**CHEREA :** J'ai bien compris. Mais vous croyez qu'on vous laissera entrer ?

**DEUXIÈME SÉNATEUR :** Il ne s'agit pas de demander la permission.

**CHEREA :** *(toujours marchant, il va s'asseoir sur un coin de la table renversée)* Et vous croyez que c'est aussi facile que ça ? Qu'un homme va mourir parce que vous avez peur ?

**DEUXIÈME SÉNATEUR :** Que fais-tu là, sinon ? Il a couché avec ta femme, je crois.

**CHEREA :** Il n'y a pas grand mal. Elle m'a dit qu'elle y avait pris du plaisir. *(Un temps.)* Lui aussi, selon toute probabilité.

**LE CHEVALIER :** Si tu n'es pas avec nous, va-t'en. Mais tiens ta langue.

**CHEREA :** Mais je suis avec vous. Moi aussi, je veux que Caligula soit tué.

**UNE VOIX :** Assez de bavardages.

**CHEREA :** *(se redressant, soudain sérieux)* Oui, assez de bavardages. Je veux que les choses soient claires. Si j'avais la puissance de Caligula, j'agirais comme lui puisque j'ai sa passion. Mais sur un point, je ne suis pas d'accord avec vous. Si Caligula est dangereux, s'il vous fait la vie insupportable, ce n'est point par ses gestes obscènes, ses cruautés et ses assassinats. *(Ambigu.)* Mais c'est par une passion plus haute et plus mortelle.

**UNE VOIX :** Qu'est-ce que c'est que cette histoire ?

**CHEREA :** Cette histoire, bel anonyme, la voici. Par Caligula et pour la première fois dans l'histoire, la poésie agit et le rêve rejoint l'action. Il fait ce qu'il rêve de faire. Il transforme sa philosophie en cadavres. Vous appelez ça un anarchiste. Et lui croit être un artiste. Mais dans le fond c'est la même chose. Moi (il faut bien que je parle de moi), je suis avec vous – avec la société. Non par goût. Mais parce que je n'ai pas le pouvoir et que vos hypocrisies et vos lâchetés me protègent plus sûrement que les lois les plus équitables. Tuer Caligula, c'est établir ma sécurité. Caligula vivant, je suis tout entier livré à l'arbitraire et à l'absurde, c'est-à-dire à la poésie. *(Il les regarde – et d'un ton pénétré.)* Je vois sur vos visages déplaisants la sueur de la peur. Moi aussi, j'ai peur. Mais j'ai peur de ce lyrisme inhumain auprès de quoi ma vie n'est rien. Ce monstre nous dévore, je vous le dis. Qu'un seul être soit pur, dans le mal ou dans le bien, et notre monde est en danger. *(Un temps.)* Voilà pourquoi Caligula doit mourir.

**DEUXIÈME SÉNATEUR :** *(sautant sur un banc)* Je ne te comprends pas très bien. Mais je suis avec toi quand tu dis que les bases de notre société sont ébranlées. Pour nous, n'est-ce pas, vous autres, la question est avant tout morale. La famille tremble. Le respect se perd. Rome tout entière est livrée au blasphème. Conjurés, la vertu nous appelle au secours. Nous sommes le parti de l'honneur et de la propreté. Et ce sont les principes sacrés de l'ordre et de la famille que nous avons à défendre. Conjurés, accepterez-vous enfin que les sénateurs soient contraints chaque soir de courir autour de la litière de César ?

**LE VIEUX SÉNATEUR :** Permettrez-vous qu'on les appelle « petite femme » et qu'avec le doigt…

**UNE VOIX :** Qu'on leur enlève leur femme ?

**UN AUTRE :** Et leur argent ?

*Clameur générale : « Non. »*

**DEUXIÈME SÉNATEUR :** Cherea, tu as bien parlé. Tu as bien fait aussi de nous calmer. Il est trop tôt pour agir. Le peuple aujourd'hui encore serait contre nous. Il n'est pas nécessaire de faire périr un bourreau s'il faut payer ensuite cette exécution de sa propre vie. Veux-tu guetter avec nous le moment de conclure ?

**CHEREA :** Oui. Laissons continuer Caligula. Poussons-le dans cette voie. Organisons sa folie. Un jour viendra où il sera seul devant un empire plein de morts ou de parents de morts.

*Clameur générale. – Trompettes au-dehors. – Silence puis, de bouche en bouche, un nom : « Caligula. »*

## Scène 3

*Entre Caligula avec Cæsonia, suivi d'Hélicon et de soldats. Il s'arrête et regarde les conjurés. Il va de l'un à l'autre en silence, arrange une boucle à l'un, se recule pour contempler un second, les regarde encore, passe la main sur ses yeux et sort sans dire un mot.*

## Scène 4

**CÆSONIA :** *(ironique, montrant le désordre)* Vous vous battiez ?

**CHEREA :** Nous nous battions.

**CÆSONIA :** *(même jeu)* Et pourquoi vous battiez-vous ?

**CHEREA :** *(même jeu)* Nous nous battions pour rien.

**CÆSONIA :** Alors ce n'est pas vrai.

**CHEREA :** Qu'est-ce qui n'est pas vrai ?

**CÆSONIA :** Vous ne vous battiez pas.

**CHEREA :** Alors, nous ne nous battions pas.

**CÆSONIA :** *(souriante)* Peut-être vaudrait-il mieux mettre la pièce en ordre. Caligula a horreur du désordre.

**HÉLICON :** *(au Vieux Sénateur)* Vous finirez par le faire sortir de son caractère, cet homme !

**LE VIEUX SÉNATEUR :** Mais enfin, que lui avons-nous fait ?

**HÉLICON :** Rien, justement. C'est inouï d'être insignifiant à ce point. Cela finit par devenir insupportable. Mettez-vous à la place de Caligula. *(Un temps.)* Naturellement, vous complotiez bien un peu, n'est-ce pas ?

**LE VIEUX SÉNATEUR :** Mais, c'est faux, voyons. Que croit-il donc ?

**HÉLICON :** Il ne le croit pas, il le sait. Mais je crois qu'au fond, il le désire un peu. Allons, aidons à réparer le désordre.

*On s'affaire. Caligula entre et observe. Il caresse au passage la croupe du Vieux Sénateur qui ramasse un coussin.*

## Scène 5

**CALIGULA :** *(au Vieux Sénateur)* Bonjour, ma chérie. *(Aux autres.)* Messieurs, une exécution m'attend. Mais j'ai décidé de me restaurer auparavant chez toi, Cherea. Je viens de donner des ordres pour qu'on nous apporte des vivres. Faites aussi chercher vos femmes. *(Un temps.)* Rufius a de la chance que je sois si prompt à avoir faim. *(Confidentiel.)* Rufius, c'est le chevalier qui doit mourir. *(Un temps.)* Vous ne me demandez pas pourquoi il doit mourir ? *(Silence général. Pendant ce temps, des esclaves ont servi la table et apporté les vivres. Caligula, de bonne humeur.)* Allons, je vois que vous devenez intelligents. *(Il grignote une olive.)* Vous avez fini par comprendre qu'il n'est pas nécessaire d'avoir fait quelque chose pour mourir. *(Il s'arrête de grignoter et regarde les convives d'un air farceur.)* Soldats, je suis content de vous. *(Entrent des femmes, trois ou quatre.)* Allons, plaçons-nous. Au hasard. Pas de protocole. Je suis un homme simple, moi. C'est d'ailleurs pour cela que je suis un incompris. *(Tout le monde s'est assis. Caligula, toujours insupportable.)* Tout de même ce Rufius, quel veinard. Et je suis sûr qu'il n'apprécie pas ce petit répit. Pourtant quelques heures gagnées sur la mort, c'est inestimable. *(Un temps.)* Il est vrai que Rufius a toujours été un crétin. *(Il mange. Les autres aussi. Il devient évident que Caligula se tient mal à table. Rien ne le force à jeter ses noyaux d'olives dans l'assiette de ses voisins immédiats, à cracher ses déchets de viande* *sur le plat commun, à se curer les dents avec les ongles et à se gratter la tête frénétiquement. C'est pourtant autant d'exploits que, pendant le repas, il exécutera avec simplicité. – Mais il s'arrête brusquement de manger et fixe l'un des convives, Lepidus, avec insistance. Brutalement.)* Tu as l'air de mauvaise humeur. Serait-ce parce que j'ai fait mourir ton fils ?

**LEPIDUS :** *(la gorge serrée)* Mais non, Caïus, au contraire.

**CALIGULA :** *(épanoui)* Au contraire ? Ah ! que j'aime que le visage démente les soucis du cœur. Ton visage est triste. Mais ton cœur ? Au contraire, n'est-ce pas, Lepidus ?

**LEPIDUS :** *(résolument)* Au contraire, César.

**CALIGULA :** *(de plus en plus heureux)* Ah ! Lepidus ! Personne ne m'est plus cher que toi. Rions ensemble, veux-tu ? Et dis-moi quelque bonne histoire.

**LEPIDUS :** *(qui a présumé de ses forces)* Caïus !

**CALIGULA :** Bon, bon. Je raconterai, alors. Mais tu riras, n'est-ce pas, Lepidus ? *(L'œil mauvais.)* Ne serait-ce que pour ton second fils. *(De nouveau rieur.)* D'ailleurs tu n'es pas de mauvaise humeur. *(Dictant.)* Au… au… Allons, Lepidus.

**LEPIDUS :** *(avec une immense lassitude)* Au contraire, Caïus.

**CALIGULA :** À la bonne heure ! *(Il boit.)* Écoute maintenant. *(Rêveur.)* Il était une fois un pauvre empereur que personne n'aimait. Lui qui aimait Lepidus fit tuer son plus jeune fils pour s'enlever cet amour du cœur. *(Changeant de ton.)* Naturellement, ce n'est pas vrai. Drôle, n'est-ce pas ? Tu ne ris pas. Personne ne rit ? Écoutez alors. *(Avec une violente colère.)* Je veux que tout le monde rie. Toi, Lepidus. Et tous les autres. Levez-vous, riez. *(Il frappe sur la table.)* Je veux, vous entendez, je veux vous voir rire. *(Tout le monde se lève. Quelques rires forcés. Pendant toute cette scène, les acteurs, sauf Caligula et Cæsonia, pourront jouer comme des marionnettes. Caligula, se renversant sur son lit. Épanoui, pris d'un rire irrésistible.)* Non, mais regarde-les, Cæsonia. Regarde-les devant la peur. Rien ne va plus. Honnêteté, respectabilité, qu'en-dira-t-on, sagesse des nations, rien ne veut plus rien dire. Tout disparaît devant la peur. La peur, hein Cæsonia, ce beau sentiment, sans alliage, pur et désintéressé, un des rares qui tire sa noblesse du ventre. *(Il passe la main sur son front et boit. Sur un ton amical.)* Parlons d'autre chose, maintenant. Voyons, Cherea, tu es bien silencieux.

**CHEREA :** Je suis prêt à parler, Caïus. Dès que tu le permettras.

**CALIGULA :** Parfait. Alors, tais-toi. J'aimerais bien entendre notre ami Mucius.

**MUCIUS :** *(à contrecœur)* À tes ordres, Caïus.

**CALIGULA :** Eh bien, parle-nous de ta femme. Et commence par l'envoyer à ma droite. *(La femme de Mucius vient près de Caligula avec un geste pour arranger ses cheveux.)* Eh ! Mucius, nous t'attendons.

**MUCIUS :** *(un peu perdu)* Ma femme, mais je l'aime.

*Rire général.*

**CALIGULA :** Bien sûr, mon ami, bien sûr. Mais comme c'est bourgeois. *(Il a déjà le sein droit de la femme dans sa main et lèche distraitement son épaule gauche. De plus en plus à l'aise.)* Au fait, quand je suis entré, vous complotiez, n'est-ce pas ? On y allait de sa petite conspiration, hein ?

**LE VIEUX SÉNATEUR :** Caïus, comment peux-tu ?

**CALIGULA :** Aucune importance, ma jolie. Il faut bien que vieillesse se passe. Aucune importance, vraiment. Vous êtes incapables d'un acte courageux. Il me vient seulement à l'esprit que j'ai quelques questions d'État à régler. Mais auparavant, j'ai un petit besoin à satisfaire.

*Il se lève et entraîne la femme de Mucius dans une pièce voisine.*

## Scène 6

*Mucius fait mine de se lever.*

**CÆSONIA :** *(aimablement)* Oh ! Mucius, je reprendrais bien de cet excellent vin. *(Mucius, dompté, la sert en silence. Moment de gêne. Les sièges craquent. Le dialogue qui suit est un peu compassé. Il est visible que la véritable action ne se passe pas sur la scène.)* Eh bien, Cherea. Si tu me disais maintenant pourquoi vous vous battiez tout à l'heure.

**CHEREA :** *(froidement, imitant un peu Caligula)* Tout est venu, chère Cæsonia, de ce que nous discutions sur le point de savoir si la poésie doit être meurtrière ou non.

**CÆSONIA :** C'est fort intéressant. Cependant, cela dépasse mon entendement de femme. Mais j'admire que votre passion pour l'art vous conduise à échanger des coups.

**CHEREA :** *(même jeu)* Certes. Mais Caligula me disait l'autre jour qu'il n'est pas de passion profonde sans quelque cruauté.

**CÆSONIA :** *(mangeant)* Il y a du vrai dans cette opinion. N'est-ce pas, vous autres ?

**LE VIEUX SÉNATEUR :** Caligula est un fin psychologue.

**PREMIER SÉNATEUR :** Il nous a parlé avec éloquence du courage l'autre jour.

**DEUXIÈME SÉNATEUR :** Il devrait résumer toutes ses idées. Cela serait inestimable.

**CHEREA :** Sans compter que cela l'occuperait. Car il est visible qu'il a besoin de distractions.

**CÆSONIA :** *(toujours mangeant)* Vous serez ravis de savoir qu'il y a pensé et qu'il écrit en ce moment un grand traité.

## Scène 7

*Entrent Caligula et la femme de Mucius qui arrange encore ses cheveux.*

**CALIGULA :** *(plus léger)* Mucius, je te rends ta femme. Avec mes félicitations. Un point sombre cependant : les reins sont faibles, oui, les reins. Ils ne répondent pas, en quelque sorte. *(Rires. Mucius, pâle, s'est levé.)* Ah ! tu ne crois pas ? Au fait, tu as peut-être raison. J'en ai jugé un peu rapidement. Je vais voir.

*Signe. La femme le suit.*

## Scène 8

**CÆSONIA :** *(à Mucius resté debout)* Ce grand traité égalera les plus célèbres, Mucius, nous n'en doutons pas.

**MUCIUS :** *(regardant toujours la porte par laquelle Caligula a disparu)* Et de quoi parle-t-il, Cæsonia ?

**CÆSONIA :** *(indifférente)* Oh ! cela me dépasse.

**CHEREA :** Il faut donc conclure que cela traite du pouvoir meurtrier de la poésie.

**CÆSONIA :** Tout juste, je crois.

**LE VIEUX SÉNATEUR :** *(avec enjouement)* Eh bien, cela l'occupera, comme disait Cherea.

**CÆSONIA :** Oui, ma jolie. Mais ce qui vous gênera sans doute un peu c'est le titre de cet ouvrage.

**CHEREA :** Quel est-il ?

**CÆSONIA :** *Le Glaive.*

## Scène 9

*Entre rapidement Caligula avec la femme qu'il rend à Mucius.*

**CALIGULA :** Voilà, j'ai été bref, pardonne-moi. Mais les affaires de l'État sont pressantes. *(À l'Intendant.)* Intendant ! *(À Mucius.)* Et à propos, je maintiens mes dires : les reins sont faibles. *(À l'Intendant.)* Tu feras fermer les greniers publics.

**L'INTENDANT :** Mais…

**CALIGULA :** Demain, il y aura famine.

**L'INTENDANT :** Mais le peuple va gronder.

**CALIGULA :** *(avec force et précision)* Je dis qu'il y aura famine demain. Tout le monde connaît la famine, c'est un fléau. Demain, il y aura fléau... et j'arrêterai le fléau quand il me plaira. *(Il explique aimablement aux autres.)* Après tout, je n'ai pas tellement de façons de prouver que je suis libre. On est toujours libre aux dépens de quelqu'un. C'est absurde, mais c'est normal. *(Avec un coup d'œil vers Mucius.)* Appliquez cette pensée à la jalousie et vous verrez. *(Songeur.)* Tout de même, comme c'est laid d'être jaloux ! Souffrir par vanité et par imagination ! Voir sa femme qui ouvre les genoux, qui reçoit dans son ventre le ventre d'un autre. Faire tourner l'existence d'un amour autour de ces affaires de muqueuses ! *(Mucius serre les poings et ouvre la bouche. Caligula, très vite.)* Mangeons, messieurs. Savez-vous que nous travaillons ferme avec Hélicon ? Nous mettons au point un petit traité de l'exécution dont vous nous donnerez des nouvelles.

**HÉLICON :** À supposer qu'on vous demande votre avis.

**CALIGULA :** Soyons généreux ! Découvrons-leur nos petits secrets. Allez, section III, paragraphe I.

**HÉLICON :** *(il se lève et récite mécaniquement)* « L'exécution soulage et délivre. Elle est fortifiante et juste dans ses applications comme dans ses intentions. On meurt parce qu'on est coupable. On est coupable parce qu'on est sujet de Caligula. Or tout le monde est sujet de Caligula. Donc tout le monde est coupable. D'où il ressort que tout le monde meurt. C'est une question de temps et de patience. »

**CALIGULA :** *(riant)* Qu'en pensez-vous ? La patience, hein, voilà une trouvaille. Voulez-vous que je vous dise : c'est ce que j'admire le plus en vous. Maintenant, messieurs, vous pouvez disposer. Cherea n'a plus besoin de vous. Cependant, que Cæsonia reste. Et Lepidus. Mereia aussi. Je voudrais discuter avec vous de l'organisation de ma maison publique. Elle me donne de gros soucis.

*Les autres sortent lentement. Caligula suit Mucius des yeux.*

## Scène 10

**CHEREA :** À tes ordres, Caïus. Qu'est-ce qui ne va pas ? Le cheptel est-il mauvais ?

**CALIGULA :** Non. Mais les recettes ne sont pas bonnes.

**MEREIA :** Il faut augmenter les tarifs.

**CALIGULA :** Mereia, tu viens de perdre une occasion de te taire. Puisque ton impuissance est connue de tout le monde, je ne te demande pas ton avis.

**MEREIA :** Alors, pourquoi m'as-tu fait rester ?

**CALIGULA :** Parce que tout à l'heure j'aurai besoin d'un avis sans passion.

*Mereia s'écarte.*

**CHEREA :** Si je puis, Caïus, en parler avec passion, je dirai qu'il ne faut pas toucher aux tarifs.

**CALIGULA :** Naturellement, voyons. Mais il faut nous rattraper sur le chiffre d'affaires. Et j'ai déjà expliqué mon plan à Cæsonia qui va vous l'exposer. Moi, j'ai trop bu de vin et je commence à avoir sommeil.

*Il s'étend et ferme les yeux.*

**CÆSONIA :** C'est fort simple. Caligula crée une nouvelle décoration.

**LEPIDUS :** Je ne vois pas le rapport.

**CÆSONIA :** Il y est, pourtant. Cette distinction constituera l'ordre du Héros civique. Elle récompensera ceux des citoyens qui auront le plus fréquenté la maison publique de Caligula.

**CHEREA :** C'est lumineux.

**CÆSONIA :** Je le crois. J'oubliais de dire que la récompense est décernée chaque mois, après vérification des bons d'entrée : le citoyen qui n'a pas obtenu de décoration au bout de douze mois est exilé ou exécuté.

**LEPIDUS :** Pourquoi « ou exécuté » ?

**CÆSONIA :** Parce que Caligula dit que cela n'a aucune importance. L'essentiel est qu'il puisse choisir.

**CHEREA :** Bravo. Le Trésor public est aujourd'hui renfloué.

*Caligula ouvre les yeux à demi et regarde le vieux Mereia qui, à l'écart, sort un petit flacon et en boit une gorgée.*

**CALIGULA :** *(toujours couché)* Que bois-tu, Mereia ?

**MEREIA :** C'est pour mon asthme, Caïus.

**CALIGULA :** *(allant vers lui en écartant les autres et lui flairant la bouche)* Non, c'est un contrepoison.

**MEREIA :** Mais non, Caïus. Tu veux rire. J'étouffe dans la nuit et je me soigne depuis fort longtemps déjà.

**CALIGULA :** Ainsi, tu as peur d'être empoisonné ?

**MEREIA :** Mon asthme…

**CALIGULA :** Non. Appelons les choses par leur nom : tu crains que je t'empoisonne. Tu me soupçonnes. Tu m'épies.

**MEREIA :** Mais non, par tous les dieux !

**CALIGULA :** Tu me suspectes. En quelque sorte, tu te défies de moi.

**MEREIA :** Caïus !

**CALIGULA :** *(rudement)* Réponds-moi ! *(Mathématique.)* Si tu prends un contrepoison, tu me prêtes par conséquent l'intention de t'empoisonner.

**MEREIA :** *(un peu perdu)* Oui, je veux dire, non.

**CALIGULA :** Et dès l'instant où tu crois que j'ai pris la décision de t'empoisonner, tu fais ce qu'il faut pour t'opposer à cette volonté. *(Silence. Dès le début de la scène, Cæsonia et Cherea se sont mis à jouer aux dés. Seul Lepidus suit* *le dialogue d'un air angoissé. Caligula, de plus en plus précis.)* Cela fait deux crimes – et une alternative dont tu ne sortiras pas : ou bien je ne voulais pas te faire mourir et tu me suspectes injustement, moi, ton empereur. Ou bien, je le voulais et toi, insecte, tu t'opposes à mes projets. *(Un temps. Caligula contemple le vieillard avec satisfaction.)* Hein, Mereia, que dis-tu de cette logique ?

**MEREIA :** Elle est… elle est rigoureuse, Caïus. Mais elle ne s'applique pas au cas.

**CALIGULA :** Et troisième crime, tu me prends pour un imbécile. Assieds-toi et écoute-moi bien. *(À Lepidus.)* Asseyez-vous tous. *(À Mereia.)* De ces trois crimes, un seul est honorable pour toi, le second – parce que dès l'instant où tu me prêtes une décision et la contrecarres, cela implique une révolte chez toi. Tu es un meneur d'hommes, un révolutionnaire. Cela est bien. *(Tristement.)* Je t'aime beaucoup, Mereia. C'est pourquoi tu seras condamné pour ton second crime et non pour les autres. Tu vas mourir virilement, pour t'être révolté. *(Pendant tout ce discours, le meneur d'hommes se rapetisse peu à peu sur son siège. Caligula le regarde, songeur.)* Ne me remercie pas, va. C'est tout naturel. Tiens. *(Il lui tend une fiole et aimablement.)* Bois ce poison. *(Mereia, secoué de sanglots secs, refuse de la tête. Caligula, s'impatientant.)* Allons, allons. *(La partie de dés s'arrête. Mereia tente alors de s'enfuir. Mais Caligula, d'un bond sauvage, l'atteint au milieu de la scène, le jette sur un siège bas et, après une lutte de quelques instants, lui enfonce la fiole dans les dents et la brise à coups de poing. Après quelques soubresauts, le visage plein d'eau et de sang, Mereia meurt. Caligula se relève et s'essuie machinalement les mains. À Cæsonia. Lui donnant la fiole de Mereia.)* Qu'est-ce que c'est ? Un contrepoison ?

**CÆSONIA :** *(avec calme)* Non, Caligula. C'est un remède contre l'asthme.

**CALIGULA :** *(regardant Mereia ; après un silence)* Cela ne fait rien. Cela revient au même. Un peu plus tôt, un peu plus tard.

*Il sort brusquement d'un air affairé en s'essuyant toujours les mains.*

## Scène 11

**LEPIDUS :** *(atterré)* Que faut-il faire ?

**CÆSONIA :** *(avec simplicité)* D'abord retirer le corps, je crois. Il est trop laid.

*Cherea et Lepidus prennent le corps et le tirent en coulisse.*

**LEPIDUS :** *(à Cherea)* Il faudra faire vite.

**CHEREA :** Il faut être deux cents.

*Entre le Jeune Scipion. Apercevant Cæsonia, il a un geste pour repartir.*

CALIGULA (Bruno Putzulu) et MEREIA (Jean de Coninck)

## Scène 12

**Cæsonia :** Viens ici.
**Le Jeune Scipion :** Que veux-tu ?
**Cæsonia :** Approche. *(Elle lui relève le menton et le regarde dans les yeux. Un temps. Froidement.)* Il a tué ton père ?
**Le Jeune Scipion :** Oui.
**Cæsonia :** Tu le hais ?
**Le Jeune Scipion :** Oui.
**Cæsonia :** Tu veux le tuer ?
**Le Jeune Scipion :** Oui.
**Cæsonia :** *(le lâchant)* Alors pourquoi me le dis-tu ?
**Le Jeune Scipion :** Parce que je ne crains personne. Le tuer ou être tué, c'est deux façons d'en finir. D'ailleurs tu ne me trahiras pas.
**Cæsonia :** Tu as raison, je ne te trahirai pas. Mais je veux te dire quelque chose – ou plutôt, je voudrais parler à ce qu'il y a de meilleur dans ton cœur.
**Le Jeune Scipion :** *(un peu emphatique)* J'avais un cœur.
**Cæsonia :** Il faut avoir ton âge pour croire qu'on peut changer de cœur ou le perdre. Écoute-moi seulement. C'est une parole à la fois difficile et évidente que je veux te dire. Mais c'est une parole qui, si elle était vraiment écoutée, accomplirait la seule révolution définitive de ce monde.
**Le Jeune Scipion :** Alors, dis-la.
**Cæsonia :** *(différente et hautaine)* Non, pense d'abord au visage révulsé de ton père à qui on arrachait la langue. Pense à cette bouche pleine de sang et à ce cri de bête torturée.
**Le Jeune Scipion :** Oui.
**Cæsonia :** Pense maintenant à Caligula.
**Le Jeune Scipion :** *(avec tout l'accent de la haine)* Oui.
**Cæsonia :** Écoute maintenant : essaie de le comprendre.

*Elle sort laissant le Jeune Scipion désemparé. Entre Hélicon.*

## Scène 13

**Hélicon :** Caligula me suit : si vous alliez manger, poète ?
**Le Jeune Scipion :** Hélicon ! Aide-moi.
**Hélicon :** C'est dangereux, ma colombe. Et je n'entends rien à la poésie.
**Le Jeune Scipion :** Tu pourrais m'aider. Tu sais beaucoup de choses.
**Hélicon :** Je sais que les jours passent et qu'il faut se hâter de manger. Je sais aussi que tu pourrais tuer Caligula… et qu'il ne le verrait pas d'un mauvais œil.

*Entre Caligula – sort Hélicon.*

## Scène 14

**CALIGULA :** Ah ! c'est toi. *(Il s'arrête – un peu comme s'il cherchait une contenance.)* Il y a longtemps que je ne t'ai vu. *(Avançant lentement vers lui.)* Qu'est-ce que tu fais ? Tu écris toujours ? Est-ce que tu peux me montrer tes dernières choses ?

**LE JEUNE SCIPION :** *(mal à l'aise lui aussi – partagé entre sa haine et il ne sait pas quoi)* J'ai écrit des poèmes, César.

**CALIGULA :** Sur quoi ?

**LE JEUNE SCIPION :** Je ne sais pas, César, sur la nature, je crois.

**CALIGULA :** *(plus à l'aise)* Beau sujet. Et vaste. Qu'est-ce qu'elle t'a fait la nature ?

**LE JEUNE SCIPION :** *(se reprenant, d'un air ironique et mauvais)* Elle me console de n'être pas César.

**CALIGULA :** Ah ! et crois-tu qu'elle pourrait me consoler de l'être ?

**LE JEUNE SCIPION :** *(même jeu)* Ma foi, elle a guéri des blessures plus graves.

**CALIGULA :** *(étrangement simple)* Blessure ? Tu dis cela avec méchanceté. Est-ce parce que j'ai tué ton père ? Si tu savais pourtant comme le mot est juste. Blessure ! *(Changeant de ton.)* Il n'y a que la haine pour rendre les gens intelligents.

**LE JEUNE SCIPION :** *(raidi)* J'ai répondu à ta question sur la nature.

*Caligula s'assoit, regarde Scipion, puis lui prend brusquement les mains et l'attire de force à ses pieds. Il lui prend le visage dans ses mains.*

**CALIGULA :** Récite-moi ton poème.

**LE JEUNE SCIPION :** Je t'en prie, César, non.

**CALIGULA :** Pourquoi ?

**LE JEUNE SCIPION :** Je ne l'ai pas sur moi.

**CALIGULA :** Ne t'en souviens-tu pas ?

**LE JEUNE SCIPION :** Je ne me souviens jamais de ce que j'ai trop aimé.

**CALIGULA :** Voilà ta première phrase spontanée. Dis-moi du moins ce qu'il contient.

**LE JEUNE SCIPION :** *(toujours raidi et comme à regret)* J'y parlais d'un certain accord…

**CALIGULA :** *(l'interrompant, d'un ton absorbé)* … de la terre et du pied.

**LE JEUNE SCIPION :** *(surpris, il hésite et continue)* Oui, c'est à peu près cela. Et aussi de la ligne des collines romaines et de cet apaisement fugitif et bouleversant qu'y ramène le soir…

**CALIGULA :** … Du cri des martinets dans le ciel vert.

**LE JEUNE SCIPION :** *(s'abandonnant un peu plus)* Oui encore. Et de cette minute subtile où le ciel encore plein d'or brusquement bascule et nous montre en un instant son autre face, gorgée d'étoiles luisantes…

**CALIGULA :** De cette odeur de fumée, d'arbres et d'eaux qui monte alors de la terre vers la nuit…

**LE JEUNE SCIPION :** *(tout entier)* … Le cri des cigales et la retombée des chaleurs, les chiens, les roulements des derniers chars, les cris des fermiers…

**CALIGULA :** … Et les chemins noyés d'ombre dans les lentisques et les oliviers…

**LE JEUNE SCIPION :** Oui, oui. C'est tout cela ! Mais comment le sais-tu ?

**CALIGULA :** *(pressant le Jeune Scipion contre lui)* Je ne sais pas. Peut-être parce que nous aimons les mêmes vérités. Peut-être aussi parce qu'on peut toujours s'entendre sur des sentiments imprécis.

**LE JEUNE SCIPION :** *(frémissant, il cache sa tête contre la poitrine de Caligula)* Oh ! n'importe, puisque tout prend en moi le visage de l'amour.

**CALIGULA :** *(toujours caressant)* Précieuse vertu de ce cœur, mon petit. Si je pouvais connaître ta transparence ! Mais je sais trop la force de ma passion pour la vie. Elle ne se satisfera pas de la nature. Tu ne peux pas comprendre cela. Tu es d'un autre monde. Tu es pur dans le bien, comme je suis pur dans le mal.

**LE JEUNE SCIPION :** Je peux comprendre.

**CALIGULA :** Non. Ce quelque chose en moi – ce lac de silence – ces herbes pourries. *(Changeant brusquement de ton.)* Ton poème doit être beau. Mais si tu veux mon avis…

**LE JEUNE SCIPION :** *(même jeu)* Oui.

**CALIGULA :** Tout cela manque de sang.

*Le Jeune Scipion comme piqué par une vipère, se rejette en arrière et regarde Caligula avec horreur. Puis il recule passant la main dans ses cheveux et l'y laissant. Toujours reculant, il parle lentement, d'une voix sourde, devant Caligula qu'il regarde avec intensité.*

**LE JEUNE SCIPION :** Oh ! le monstre – l'infect monstre. Tu as encore joué. Tu viens de jouer, hein ? Et tu es content de toi ?

**CALIGULA :** *(avec un peu de tristesse)* Il y a du vrai dans ce que tu dis. J'ai joué.

**LE JEUNE SCIPION :** *(même jeu)* Quel cœur puant et ensanglanté tu dois avoir. Oh ! comme tant de mal et de haine doivent te torturer.

**CALIGULA :** *(doucement)* Tais-toi, maintenant.

**LE JEUNE SCIPION :** Oh ! comme je te plains et comme je te hais.

**CALIGULA :** Tais-toi.

**LE JEUNE SCIPION :** Et quelle immonde solitude doit être la tienne !

**CALIGULA :** *(éclatant, il se jette sur lui et le prend au collet, il le secoue)* La solitude, hein, la solitude ! Tu la connais, toi, la solitude ? Celle des poètes et celle des impuissants. La solitude ? Mais laquelle ? Ah ! tu ne sais pas que seul, on ne l'est jamais. Et que partout le même poids d'avenir et de passé nous accompagne. Les êtres qu'on a tués sont avec nous. Et pour ceux-là, ce serait encore facile. Mais ceux qu'on a aimés, ceux qu'on n'a pas aimés et qui vous ont aimé, les regrets, le désir, l'amertume et la douceur, les putains et la clique des dieux. *(Il le lâche et recule vers sa place.)* Seul ! ah ! si seulement, oui, au lieu de cette solitude empoisonnée de présences qui est la mienne, je pouvais goûter la vraie, le silence et le tremblement d'un arbre, sentir la course entêtée de mon sang et consacrer le temps au rythme de mon cœur. *(Assis, avec une soudaine lassitude.)* La solitude ! Mais non, Scipion. Elle est peuplée de grincements de dents et tout entière retentissante de bruits et de clameurs perdues. Et près des femmes que je caresse, quand la nuit se referme sur nous et que je crois, éloigné de ma chair enfin contentée, saisir un peu de moi entre la vie et la mort, ma solitude entière s'emplit de l'aigre odeur du plaisir aux aisselles de la femme qui sombre encore à mes côtés.

*Il a l'air exténué. Long silence. Le Jeune Scipion passe derrière Caligula et s'approche, hésitant. Il tend une main vers Caligula et la pose sur son épaule. Caligula sans se retourner la couvre d'une des siennes.*

**LE JEUNE SCIPION :** Tous les hommes ont une douceur dans leur vie. Cela les aide à continuer. C'est vers elle qu'ils se retournent quand ils se sentent trop usés.

**CALIGULA :** C'est vrai, mon petit.

**LE JEUNE SCIPION :** N'y a-t-il donc rien dans la tienne qui soit semblable, un tremblement de larmes, un refuge silencieux ?

**CALIGULA :** Si pourtant.

**LE JEUNE SCIPION :** Et quoi donc ?

**CALIGULA :** *(lentement)* Le mépris.

*Rideau.*

# ACTE III
## Divinité de Caligula

### Scène 1

*Avant le lever du rideau, bruit de cymbales et de caisse. Le rideau s'ouvre sur une sorte de parade foraine. Au centre, une tenture devant laquelle, sur une petite estrade, se trouvent Hélicon et Cæsonia. Les cymbalistes de chaque côté. Assis sur des sièges, tournant le dos aux spectateurs, quelques sénateurs et le Jeune Scipion. Cymbales.*

**HÉLICON :** *(récitant sur le ton de la parade)* Approchez ! Approchez ! Une fois de plus, les dieux sont descendus sur terre. Caïus, César et dieu, surnommé encore Caligula, leur a prêté sa forme toute humaine. Approchez, grossiers mortels, le miracle sacré s'opère devant vos yeux. Par une faveur toute spéciale au règne béni de Caligula, les secrets divins sont offerts à tous les yeux.

*Cymbales.*

**CÆSONIA :** Approchez, messieurs ! Adorez et donnez votre obole. Le mystère céleste est mis aujourd'hui à la portée de toutes les bourses.

*Cymbales.*

**HÉLICON :** L'Olympe et ses coulisses, ses intrigues, ses pantoufles et ses larmes. Approchez. Approchez. Toute la vérité sur vos dieux !

*Cymbales.*

**CÆSONIA :** Adorez et donnez votre obole. Approchez, messieurs. La représentation va commencer.

*Cymbales. Mouvement d'esclaves qui apportent divers objets sur l'estrade.*

**HÉLICON :** Une reconstitution impressionnante de vérité, une réalisation sans précédent. Les décors majestueux de la puissance divine ramenés sur terre, une attraction sensationnelle et démesurée, la foudre *(Les esclaves allument des feux grégeois.)*, le tonnerre *(On roule un tonneau plein de cailloux.)*, le destin lui-même dans sa marche triomphale. Approchez et contemplez.

*Il tire la tenture et Caligula costumé en Vénus grotesque apparaît sur un piédestal.*

**CALIGULA :** *(aimable)* Aujourd'hui, je suis Vénus.

**CÆSONIA :** L'adoration commence. Prosternez-vous. *(Tous, sauf Scipion, se prosternent.)* Et répétez après moi la prière sacrée à Caligula-Vénus : « Déesse des douleurs et de la danse… »

**LES SÉNATEURS :** « Déesse des douleurs et de la danse… »

**CÆSONIA :** « Née des vagues, toute visqueuse et amère dans le sel et l'écume… »

**LES SÉNATEURS :** « Née des vagues, toute visqueuse et amère dans le sel et l'écume… »

**CÆSONIA :** « Toi qui es comme un rire et un regret… »

**LES SÉNATEURS :** « Toi qui es comme un rire et un regret… »

**CÆSONIA :** « … une rancœur et un élan… »

**LES SÉNATEURS :** « … une rancœur et un élan… »

**CÆSONIA :** « Enseigne-nous l'indifférence qui fait renaître les amours… »

**LES SÉNATEURS :** « Enseigne-nous l'indifférence qui fait renaître les amours… »

**CÆSONIA :** « Instruis-nous de la vérité de ce monde qui est de n'en point avoir… »

**LES SÉNATEURS :** « Instruis-nous de la vérité de ce monde qui est de n'en point avoir… »

**CÆSONIA :** « Et accorde-nous la force de vivre à la hauteur de cette vérité sans égale… »

**LES SÉNATEURS :** « Et accorde-nous la force de vivre à la hauteur de cette vérité sans égale… »

**CÆSONIA :** Pause !

**LES SÉNATEURS :** Pause !

**CÆSONIA :** *(reprenant)* « Comble-nous de tes dons, répands sur nos visages ton impartiale cruauté, ta haine tout objective ; ouvre au-dessus de nos yeux tes mains pleines de fleurs et de meurtres… »

**LES SÉNATEURS :** « … tes mains pleines de fleurs et de meurtres… »

**CÆSONIA :** « Accueille tes enfants égarés. Reçois-les dans l'asile dénudé de ton amour indifférent et douloureux. Donne-nous tes passions sans objet, tes douleurs privées de raison et tes joies sans avenir… »

**LES SÉNATEURS :** « … et tes joies sans avenir… »

**CÆSONIA :** *(très haut)* « Toi si vide et si brûlante, inhumaine mais si terrestre, enivre-nous du vin de ton équivalence et rassasie-nous pour toujours dans ton cœur noir et salé. »

**LES SÉNATEURS :** « … enivre-nous du vin de ton équivalence et rassasie-nous pour toujours dans ton cœur noir et salé. »

*Quand la dernière phrase a été prononcée par les Sénateurs, Caligula jusque-là immobile s'ébroue et d'une voix de stentor.*

**CALIGULA :** Accordé, mes enfants, vos vœux seront exaucés. *(Il s'assied en tailleur sur le piédestal. Un à un, les Sénateurs se prosternent, versent leur obole et se rangent à droite avant de disparaître. Le dernier, troublé, oublie son obole et se retire. Mais Caligula, d'un bond, se remet debout.)* Hep ! Hep ! Viens ici, mon garçon. Adorer, c'est bien, mais enrichir, c'est mieux. Merci. Cela va bien. Si les dieux n'avaient pas d'autres richesses que l'amour des mortels, ils seraient aussi pauvres que le pauvre Caligula. Et maintenant, messieurs, vous allez pouvoir partir et répandre dans la ville l'étonnant miracle auquel il vous a été donné d'assister : vous avez vu Vénus, ce qui s'appelle voir, avec vos yeux de chair, et Vénus vous a parlé. Allez, messieurs. *(Mouvement des Sénateurs.)* Une seconde ! En sortant, prenez le couloir de gauche. Dans celui de droite, j'ai posté des gardes pour vous assassiner.

*Les Sénateurs sortent avec beaucoup d'empressement et un peu de désordre.*

## Scène 2

*Hélicon menace Scipion du doigt.*

**HÉLICON :** *(charmant)* Petit Scipion, on a encore fait l'anarchiste !

**LE JEUNE SCIPION :** *(à Caligula)* Tu as blasphémé, Caïus.

**CALIGULA :** Qu'est-ce que cela peut bien vouloir dire ?

**LE JEUNE SCIPION :** Tu as souillé le ciel après avoir ensanglanté la terre.

**HÉLICON :** Ce jeune homme adore les grands mots.

**CÆSONIA :** *(très calme)* Comme tu y vas, mon garçon. Il y a en ce moment dans Rome des gens qui meurent pour des discours beaucoup moins éloquents.

**LE JEUNE SCIPION :** J'ai décidé de dire la vérité à Caïus.

**CÆSONIA :** Eh bien, Caligula, cela manquait à ton règne, une belle figure morale !

**CALIGULA :** *(intéressé)* Tu crois donc aux dieux, Scipion ?

**LE JEUNE SCIPION :** Non.

**CALIGULA :** Alors je ne comprends pas : pourquoi es-tu si prompt à dépister les blasphèmes ?

**LE JEUNE SCIPION :** Je puis nier une chose sans me croire obligé de la salir ou de retirer aux autres le droit d'y croire.

**CALIGULA :** *(très emballé)* Mais c'est de la modestie, cela, de la vraie modestie !

Oh ! cher Scipion, que je suis content pour toi. Et anxieux, tu sais. Car c'est le seul sentiment que je n'éprouverai peut-être jamais.

**LE JEUNE SCIPION :** Et toi-même, ne crois-tu donc pas aux dieux ?

**CALIGULA :** *(ironique)* Si tu le veux bien, cela restera comme le grand secret de mon règne. Tout ce qu'on peut me reprocher aujourd'hui, c'est d'avoir fait encore un petit progrès sur la voie de la puissance et de la liberté. Pour un homme qui aime le pouvoir, la rivalité des dieux a quelque chose d'agaçant. J'ai supprimé cela. J'ai prouvé à ces dieux illusoires qu'un homme, s'il en a la volonté, peut exercer sans apprentissage leur métier ridicule.

**LE JEUNE SCIPION :** C'est cela le blasphème, Caïus.

**CALIGULA :** Non, Scipion, c'est de la clairvoyance. J'ai simplement compris qu'il n'y a qu'une façon de s'égaler aux dieux : il suffit d'être aussi cruel qu'eux. *(Furieux.)* Dans mes nuits sans sommeil, vois-tu, j'ai rencontré le destin. Tu ne peux pas savoir comme il a l'air bête. Et monotone : il n'a qu'un visage. Du genre implacable, tu sais. Rien n'est plus facile à imiter. Moi aussi, cher Scipion, je mets mon masque. Je le mets *(Il pose ses mains sur son visage.)* et voici qu'à mon tour je deviens dieu, mort et destin, et qu'un souffle obscur parti de moi traverse les vies de ces milliers d'hommes qui ont eu la faiblesse de s'en remettre aux dieux.

**LE JEUNE SCIPION :** C'est cela le blasphème, Caïus.

**CALIGULA :** Non, Scipion, c'est de l'art dramatique ! L'erreur de tous ces hommes, c'est de ne pas croire assez au théâtre. Ils sauraient sans cela qu'il est permis à tout homme de jouer les tragédies célestes et de devenir dieu. Il suffit de se durcir le cœur.

**LE JEUNE SCIPION :** Peut-être en effet, Caïus. Mais si cela est vrai, je crois qu'alors tu as fait le nécessaire pour qu'un jour autour de toi, des légions de dieux humains se lèvent implacables à leur tour, et noient dans le sang ta divinité d'un moment.

**CÆSONIA :** Scipion !

**CALIGULA :** Laisse, Cæsonia. Tu ne crois pas si bien dire, Scipion ; j'ai fait le nécessaire. J'imagine difficilement le jour dont tu parles. Mais j'en rêve quelquefois. Et sur tous les visages qui s'avancent alors du fond de la nuit amère, dans leurs traits tordus par la haine et l'angoisse, je reconnais en effet avec ravissement le seul dieu que j'ai adoré en ce monde : misérable et lâche comme le cœur humain. *(Irrité.)* Et maintenant, va-t'en. Tu en as beaucoup trop dit. *(Changeant de ton.)* J'ai encore les doigts de mes pieds à rougir. Cela presse.

*Tous sortent sauf Hélicon qui tourne autour de Caligula absorbé par les soins de ses pieds.*

## Scène 3

**Caligula :** Hélicon !

**Hélicon :** Qu'y a-t-il ?

**Caligula :** *(d'une voix sérieuse et lassée)* Je veux la lune.

**Hélicon :** La lune ? Pour quoi faire ?

**Caligula :** C'est une des choses que je n'ai pas.

**Hélicon :** Bon. Je vais tâcher d'arranger cela.

**Caligula :** *(très petit garçon)* Oh ! tu sais, je ne demande pas l'impossible.

**Hélicon :** Bien sûr. Je ferai pour le mieux. Mais auparavant j'ai des choses graves à t'apprendre.

**Caligula :** *(comme s'il n'avait pas entendu)* Remarque que je l'ai déjà eue.

**Hélicon :** Qui ?

**Caligula :** La lune.

**Hélicon :** Oui, naturellement. Mais sais-tu qu'on complote contre ta vie ?

**Caligula :** Je l'ai eue tout à fait même. Deux ou trois fois seulement, il est vrai. Mais tout de même, je l'ai eue.

**Hélicon :** Voilà bien longtemps que j'essaie de te parler.

**Caligula :** C'était l'été dernier. Depuis le temps que je la regardais et que je la caressais sur les colonnes du jardin, elle avait fini par comprendre.

**Hélicon :** Cessons ce jeu, Caïus. Si tu ne veux pas m'écouter, mon rôle est de parler quand même. Tant pis si tu n'entends pas.

**Caligula :** *(toujours occupé à rougir ses ongles de pied)* Ce vernis ne vaut rien. Mais pour en revenir à la lune, c'était pendant une belle nuit d'août. *(Hélicon se détourne avec dépit et se tait, immobile.)* Elle a fait quelques façons. J'étais déjà couché. Elle était d'abord toute sanglante au-dessus de l'horizon. Puis elle a commencé à monter, de plus en plus légère, avec une rapidité croissante. Plus elle montait, plus elle devenait claire. Elle est devenue comme un lac d'eau laiteuse au milieu de cette nuit pleine de froissements d'étoiles. Elle est venue alors dans la chaleur, douce, légère et nue. Elle a franchi le seuil de la chambre et avec sa lenteur sûre, elle est arrivée jusqu'à mon lit, s'y est coulée et m'a inondé de ses sourires et de son éclat. Décidément ce vernis ne vaut rien. Mais tu vois, Hélicon, je puis dire sans me vanter que je l'ai eue.

**Hélicon :** Caïus, veux-tu m'écouter et connaître ce qui te menace ?

**Caligula :** *(il s'arrête et le regarde doucement)* Je veux seulement la lune, Hélicon. Je sais d'avance ce qui me tuera. Je n'ai pas encore épuisé tout ce qui peut me faire vivre. C'est pourquoi je veux la lune. Et tu ne reparaîtras pas ici avant de me l'avoir procurée.

**Hélicon :** Alors, je ferai mon devoir et je dirai ce que j'ai à dire. Un complot s'est formé contre toi. Cherea en est le chef. J'ai surpris cette tablette qui peut t'apprendre l'essentiel. Je la dépose ici.

*Hélicon dépose la tablette sur un des sièges et se retire.*

**CALIGULA :** Où vas-tu, Hélicon ?

**HÉLICON :** *(sur le seuil)* Te chercher la lune.

## Scène 4

*Caligula contemple un moment la tablette de sa place. Il se lève, jette un manteau sur ses épaules nues et tourne autour de la tablette. Il la saisit brusquement et la lit. Il respire fortement et appelle un garde.*

**CALIGULA :** Amène Cherea. *(Le garde sort.)* Un moment. *(Le garde s'arrête.)* Avec des égards. *(Le garde sort. Caligula marche un peu de long en large. Puis il se dirige vers le miroir.)* Tu avais décidé d'être logique, idiot. Il s'agit seulement de savoir jusqu'où cela ira. *(Ironique.)* Si l'on t'apportait la lune, tout serait changé, n'est-ce pas ? Ce qui est impossible deviendrait possible et du même coup, en une fois, tout serait transfiguré. Pourquoi d'ailleurs Hélicon ne t'apporterait-il pas la lune ? Peut-être est-il possible de la pêcher au fond d'un puits et de la ramener dans un filet miroitant, toute gluante d'algues et d'eau, comme un poisson pâle et gonflé, sorti des profondeurs. Pourquoi pas, Caligula ? Qui peut le savoir ? *(Il regarde autour de lui.)* Il y a de moins en moins de monde autour de moi, c'est curieux. *(Au miroir, d'une voix sourde.)* Trop de morts, trop de morts, cela dégarnit. Même si l'on m'apportait la lune, je ne pourrais pas revenir en arrière. Même si les morts frémissaient sous la caresse du soleil, les meurtres ne rentreraient pas sous terre pour autant. *(Avec un accent furieux.)* La logique, Caligula, il faut poursuivre la logique. Le pouvoir jusqu'au bout, l'abandon jusqu'au bout. Oh ! je suis le seul à savoir cela, qu'il n'y a pas de puissance sans soumission désordonnée à son destin profond. La lune n'est pas pour moi, mais j'ai toujours cet univers des coupables où j'ai ma place toute marquée.

*Entre Cherea.*

## Scène 5

*Caligula s'est renversé un peu en arrière dans son siège, un peu enfoncé dans son manteau. Il a l'air exténué.*

**CHEREA :** Tu m'as demandé, Caïus.

**CALIGULA :** *(d'une voix faible)* Oui, Cherea.

*Silence.*

**CHEREA :** Tu as quelque chose de particulier à me dire ?
**CALIGULA :** Non, Cherea.

*Silence.*

**CHEREA :** *(un peu agacé)* Tu es sûr que ma présence est nécessaire ?
**CALIGULA :** Absolument sûr, Cherea. *(Encore un temps de silence. Soudain empressé.)* Mais excuse-moi. Je suis distrait et te reçois bien mal. Prends ce siège et devisons en amis. J'ai besoin de parler un peu à quelqu'un d'intelligent. *(Cherea s'assoit. Caligula, naturel, il semble, pour la première fois depuis le début de la pièce.)* Cherea, crois-tu que deux hommes dont l'âme et la fierté sont égales peuvent, au moins une fois dans leur vie, se parler de tout leur cœur – comme s'ils étaient nus l'un devant l'autre, dépouillés des préjugés, des intérêts particuliers et des mensonges dont ils vivent ?
**CHEREA :** Je pense que cela est possible, Caïus. Mais je crois que tu en es incapable.
**CALIGULA :** Tu as raison. Je voulais seulement savoir si tu pensais comme moi. Couvrons-nous donc de masques. Utilisons nos mensonges. Parlons comme on se bat, couverts jusqu'à la garde. Cherea, pourquoi ne m'aimes-tu pas ?

*Tout ce passage sur un ton très net et très clair.*

**CHEREA :** Parce qu'il n'y a rien d'aimable en toi, Caïus. Parce que ces choses ne se commandent pas. Et aussi parce que je te comprends trop bien et qu'on ne peut aimer celui de ses visages qu'on essaie de masquer en soi.
**CALIGULA :** Pourquoi me haïr ?
**CHEREA :** Ici, tu te trompes, Caïus. Je ne te hais pas. Je te juge nuisible et cruel, égoïste et vaniteux. Mais je ne puis pas te haïr puisque je ne te crois pas heureux. Et je ne puis pas te mépriser puisque je sais que tu n'es pas lâche.
**CALIGULA :** Alors pourquoi veux-tu me tuer ?
**CHEREA :** *(insensiblement, il a pris le même ton)* Je te l'ai dit : je te juge nuisible. J'ai le goût et le besoin de la sécurité. La plupart des hommes sont comme moi. Ils sont incapables de vivre dans un univers où la pensée la plus bizarre peut en une seconde entrer dans la réalité – où, la plupart du temps, elle y entre comme un couteau dans un cœur. Moi non plus je ne veux pas vivre dans un tel univers. Je préfère me tenir bien en main.
**CALIGULA :** C'est contradictoire.
**CHEREA :** Il est vrai. Cela n'est pas logique, mais cela est sain.
**CALIGULA :** Continue.
**CHEREA :** *(toujours simple)* Je n'ai rien de plus à dire. Je ne veux pas entrer dans ta logique. J'ai une autre idée de mes devoirs d'homme. Je sais que la

plupart de tes sujets pensent comme moi. Tu es gênant pour tous. Il est naturel que tu disparaisses.

**CALIGULA :** Tout cela est très clair et très légitime. Pour la plupart des hommes, ce serait même logique. Pas pour toi cependant. Tu es intelligent et l'intelligence se paye cher ou se nie. Pourquoi la nier ?

**CHEREA :** Parce que j'ai envie de vivre et d'être heureux. Je crois qu'on ne peut être ni l'un ni l'autre en poussant l'absurde dans toutes ses conséquences. Je suis comme tout le monde : pour m'en sentir libéré, je souhaite parfois la mort de ceux que j'aime, je convoite des femmes que les lois de la famille ou de l'amitié m'interdisent de convoiter. Pour être logique, je devrais alors tuer ou posséder. Mais je juge que ces idées vagues n'ont pas d'importance. Si tout le monde se mêlait de les réaliser, nous ne pourrions ni vivre ni être heureux. Encore une fois, c'est cela qui m'importe.

**CALIGULA :** Il faut donc que tu croies à quelque idée supérieure.

**CHEREA :** Je crois qu'il y a des actions qui sont plus belles que d'autres.

**CALIGULA :** Je crois que toutes sont équivalentes.

**CHEREA :** Je le sais, Caïus, et c'est pourquoi je ne te hais pas. Je te comprends et je t'approuve. Mais tu es gênant et il faut que tu disparaisses.

**CALIGULA :** C'est très juste. Mais pourquoi me l'annoncer et risquer ta vie ?

**CHEREA :** Parce que d'autres me remplaceront et parce que je n'aime pas mentir.

*Silence.*

**CALIGULA :** Cherea.

**CHEREA :** Oui, Caïus.

**CALIGULA :** Crois-tu que deux hommes dont l'âme et la fierté sont égales peuvent, au moins une fois dans leur vie, se parler de tout leur cœur ?

**CHEREA :** Je crois que c'est ce que nous venons de faire.

**CALIGULA :** Oui, Cherea. Tu m'en croyais incapable pourtant.

**CHEREA :** J'avais tort, Caïus. Je le reconnais et je te remercie. J'attends maintenant ta sentence.

**CALIGULA :** *(distrait)* Ma sentence ? Ah ! tu veux dire… *(Tirant la tablette de son manteau.)* Connais-tu cela, Cherea ?

**CHEREA :** Je savais qu'elle était en ta possession.

**CALIGULA :** *(de façon passionnée)* Oui, Cherea. Et ta franchise elle-même était simulée. Cela ne fait rien pourtant. Maintenant, nous allons cesser le jeu de la sincérité et recommencer à vivre comme par le passé. Il faut encore que tu essaies de comprendre ce que je vais te dire, que tu subisses mes offenses et mon humeur. Écoute, Cherea. Cette tablette est la seule preuve.

**CHEREA :** Je m'en vais, Caïus. Je suis lassé de tout ce jeu grimaçant. Je le connais trop et ne veux plus le voir.

**CALIGULA :** *(de la même voix passionnée et attentive)* Reste encore. C'est la seule preuve, n'est-ce pas Cherea ?

**CHEREA :** Je ne vois pas que tu aies besoin de preuves pour faire mourir un homme.

**CALIGULA :** Il est vrai, il est vrai. Mais pour une fois, je veux me contredire. Cela ne gêne personne. Et c'est si bon de se contredire de temps en temps. Cela repose. J'ai tellement besoin de repos, Cherea.

**CHEREA :** Je ne comprends pas et je n'ai pas de goût pour ces complications.

**CALIGULA :** Bien sûr, Cherea. Tu es un homme sain, toi. Tu ne désires rien d'extraordinaire ! *(Éclatant de rire.)* Tu veux vivre et être heureux. Seulement cela !

**CHEREA :** Je crois qu'il vaut mieux briser là.

**CALIGULA :** Pas encore. Un peu de patience, veux-tu ? J'ai là cette preuve, regarde. Je veux considérer que je ne peux vous faire mourir sans elle. C'est mon idée et c'est mon repos. Eh bien, vois ce que deviennent les preuves dans la main d'un empereur. *(Il approche la tablette d'un flambeau. Cherea le rejoint. Le flambeau les sépare. La tablette fond.)* Tu vois, conspirateur. Elle fond – et à mesure que cette preuve disparaît, c'est un matin d'innocence qui se lève sur ton visage. L'admirable front pur que tu as, Cherea. Que c'est beau, un innocent, que c'est beau ! Admire ma puissance révolutionnaire. Les dieux eux-mêmes ne peuvent pas rendre l'innocence sans auparavant punir. Et ton empereur n'a besoin que d'une flamme pour t'absoudre et t'encourager. Continue, Cherea, poursuis jusqu'au bout le magnifique raisonnement que tu m'as tenu. Ton empereur attend son repos. C'est sa manière à lui de vivre et d'être heureux.

*Cherea regarde Caligula avec stupeur. Il a un geste à peine esquissé, semble comprendre, ouvre la bouche et part brusquement. Caligula continue de tenir la tablette dans la flamme et suit Cherea du regard. Il sourit doucement. Il est presque beau.*
*Rideau.*

# Acte IV
## Mort de Caligula

### Scène 1

*La scène est dans une demi-obscurité. Deux serviteurs traversent le plateau en courant de droite à gauche. Un autre serviteur entre par le fond et allume un flambeau qui éclaire un rideau dans le fond à gauche. Un autre apporte, toujours en silence et courant, des sièges qu'il place sur le devant, à droite, tournés vers l'estrade du fond. Tous les deux disparaissent sans bruit. Un garde passe en courant de gauche à droite. Bruits d'armes en coulisse. Deux gardes paraissent à droite conduisant le Vieux Sénateur et Prætextus. Ils donnent toutes les marques de la frayeur.*

**Prætextus :** *(au Garde, d'une voix qu'il essaie de rendre ferme)* Mais, enfin, que nous veut-on à cette heure de la nuit ?

**Le Garde :** Assieds-toi là.

*Il désigne les sièges à droite.*

**Prætextus :** S'il s'agit de nous faire mourir, comme tant d'autres, il n'y a pas besoin de tant d'histoires.

**Le Garde :** Assieds-toi là, vieux mulet.

**Le Vieux Sénateur :** Asseyons-nous. Cet homme ne sait rien. C'est visible.

**Le Garde :** Oui, ma jolie, c'est visible.

*Il sort.*

**Prætextus :** Il fallait agir vite, je le savais. Maintenant, c'est la torture qui nous attend.

## Scène 2

*Le Garde revient avec Cherea, puis sort.*

**CHEREA :** *(calme et s'asseyant)* De quoi s'agit-il ?

**PRÆTEXTUS ET LE VIEUX SÉNATEUR :** *(ensemble)* La conjuration est découverte.

**CHEREA :** Ensuite ?

**LE VIEUX SÉNATEUR :** *(tremblant)* C'est la torture.

**CHEREA :** *(impassible)* Je me souviens que Caligula a donné 81 000 sesterces à un esclave voleur que la torture n'avait pas fait avouer.

**PRÆTEXTUS :** Cela me fait une belle jambe.

**CHEREA :** Non, c'est une preuve qu'il aime le courage. D'ailleurs on lui a demandé : « Pourquoi 81 000 sesterces ? » et il a répondu : « Et pourquoi 80 000 ou 79 000 ? » *(Au Vieux.)* Cela ne te ferait rien de ne pas claquer des dents ainsi ? J'ai ce bruit en horreur.

**LE VIEUX SÉNATEUR :** C'est que…

**PRÆTEXTUS :** *(toujours énervé)* Assez d'histoires. C'est notre vie que nous jouons.

**CHEREA :** *(sans broncher)* Connaissez-vous le mot favori de Caligula ?

**LE VIEUX SÉNATEUR :** *(prêt aux larmes)* Oui. Il le dit au bourreau : « Tue-le lentement pour qu'il se sente mourir. »

**CHEREA :** Non, c'est mieux. Après une exécution, il bâille et dit avec sérieux : « Ce que j'admire le plus, c'est mon insensibilité. »

**PRÆTEXTUS :** Vous entendez ?

*Bruits d'armes.*

**CHEREA :** Ce mot-là révèle un faible.

**LE VIEUX SÉNATEUR :** Cela ne te ferait rien de ne pas faire de philosophie ? Je l'ai en horreur.

*Entre dans le fond un esclave qui apporte des armes et les range sur un siège.*

**CHEREA :** *(qui ne l'a pas vu)* Non, ce n'est pas de la philosophie. Mais je dois reconnaître que cet homme a exercé sur moi une indéniable influence. Il me force à penser. Il force tout le monde à penser. L'insécurité, voilà ce qui fait penser. Et c'est pourquoi tant de haines le poursuivent.

**LE VIEUX SÉNATEUR :** *(tremblant)* Regarde.

**CHEREA :** *(apercevant les armes ; sa voix change un peu)* Tu avais peut-être raison.

**PRÆTEXTUS :** Il fallait faire vite. Nous avons trop attendu.

**CHEREA :** Oui. C'est une leçon qui vient un peu tard.

**LE VIEUX SÉNATEUR :** Mais c'est insensé. Je ne veux pas mourir. Je suis encore jeune.

*Il se lève et veut s'échapper. Deux gardes surgissent et le rassoient de force après l'avoir giflé deux fois. Prætextus s'écrase sur son siège. Cherea dit quelques mots qu'on n'entend pas. Soudain une étrange musique aigre, sautillante, de sistres et de cymbales, éclate au fond.*

Caligula (Bruno Putzulu)

*Les Sénateurs font silence et regardent. Caligula en robe courte de danseuse, des fleurs sur la tête, paraît en ombre chinoise derrière le rideau du fond, mime quelques gestes ridicules de danse et s'éclipse. Aussitôt après un garde dit d'une voix solennelle : « Le spectacle est terminé. » Pendant ce temps, Cæsonia est entrée silencieusement derrière les Sénateurs. Elle parle d'une voix neutre qui les fait cependant sursauter.*

## Scène 3

**CÆSONIA :** Caligula m'a chargée de vous dire qu'il vous faisait appeler jusqu'ici pour les affaires de l'État, mais qu'aujourd'hui, il vous avait invités à communier avec lui dans une émotion artistique. *(Un temps – puis de la même voix.)* Il a ajouté d'ailleurs que celui qui n'aurait pas communié aurait la tête tranchée. *(Les Sénateurs se taisent.)* Je m'excuse d'insister. Mais je dois vous demander si vous avez trouvé que cette danse était belle.

**PRÆTEXTUS :** *(après une hésitation)* Elle était belle, Cæsonia.

**LE VIEUX SÉNATEUR :** *(débordant de gratitude)* Oh ! oui, Cæsonia.

**CÆSONIA :** Et toi, Cherea ?

**CHEREA :** *(froidement)* C'était du grand art.

**CÆSONIA :** Parfait, je vais donc pouvoir en informer Caligula.

*Elle sort.*

## Scène 4

**CHEREA :** Et maintenant, il faut faire vite. Restez là tous les deux. Nous serons ce soir une centaine.

*Il sort.*

**LE VIEUX SÉNATEUR :** Restez là, restez là ! Je voudrais bien partir, moi. *(Il renifle.)* Ça sent le mort, ici.

**PRÆTEXTUS :** Ou le mensonge. *(Tristement.)* J'ai dit que cette danse était belle.

**LE VIEUX SÉNATEUR :** *(conciliant)* Elle l'était, dans un sens. Elle l'était.

*Entrent en coup de vent plusieurs sénateurs et chevaliers.*

## Scène 5

**PREMIER SÉNATEUR :** Qu'y a-t-il ? Le savez-vous ? L'empereur nous fait appeler.

**LE VIEUX SÉNATEUR :** *(distrait)* C'est peut-être pour la danse.

**PREMIER SÉNATEUR :** Quelle danse ?

**LE VIEUX SÉNATEUR :** Oui, enfin, l'émotion artistique.

**DEUXIÈME SÉNATEUR :** Tu es fou.

**LE VIEUX SÉNATEUR :** Mais non, il faut communier.

**TROISIÈME SÉNATEUR :** On m'a dit que Caligula était très malade.

**PRÆTEXTUS :** Il l'est.

**TROISIÈME SÉNATEUR :** Qu'a-t-il donc ? *(Avec ravissement.)* Par tous les dieux, va-t-il mourir ?

**PRÆTEXTUS :** Je ne crois pas. Sa maladie, c'est de ne pas pouvoir mourir.

**LE VIEUX SÉNATEUR :** Si nous osons dire.

**PREMIER SÉNATEUR :** Je te comprends. Mais n'a-t-il pas quelque maladie moins grave et plus expéditive ?

**PRÆTEXTUS :** Non. Cette maladie-là ne souffre pas de la concurrence. Vous permettez, je dois voir Cherea.

*Il sort. Entre Cæsonia. Petit silence.*

## Scène 6

**CÆSONIA :** *(d'un air indifférent)* Caligula souffre de l'estomac ; il a vomi du sang.

*Les Sénateurs accourent autour d'elle.*

**DEUXIÈME SÉNATEUR :** *(navré)* Oh ! dieux tout-puissants, je fais vœu, s'il se rétablit, de verser deux cent mille sesterces au Trésor de l'État.

**PREMIER SÉNATEUR :** *(exagéré)* Jupiter, prends ma vie en échange de la sienne.

*Caligula est entré depuis un moment. Il écoute.*

**CALIGULA :** *(s'avançant vers le Deuxième Sénateur)* J'accepte ton offrande, Lucius. Je te remercie. Mon trésorier se présentera demain chez toi. *(Il va vers Cassius et l'embrasse.)* Tu ne peux pas savoir comme je suis ému. *(Un silence et tendrement.)* Tu m'aimais donc ?

**PREMIER SÉNATEUR :** *(pénétré)* Ah ! César, il n'est rien que pour toi, je ne donnerais sur l'heure.

**CALIGULA :** *(l'embrassant encore)* Ah ! ceci est trop. Et je n'ai pas mérité tant d'amour. *(Cassius fait un geste de protestation.)* Non, non, te dis-je. J'en suis indigne. *(Il appelle deux gardes.)* Emmenez-le. *(À Cassius doucement.)* Va, ami. Et souviens-toi que Caligula t'a donné son cœur.

**PREMIER SÉNATEUR :** *(vaguement inquiet)* Mais où m'emmènent-ils ?

**CALIGULA :** À la mort, voyons. *(Étonné.)* Tu as donné ta vie pour la mienne. Moi, je me sens mieux maintenant. Je n'ai même plus cet affreux goût de vomi dans la bouche. Tu m'as guéri. Es-tu heureux, Cassius, de pouvoir donner ta vie pour un autre quand cet autre s'appelle Caligula ? Me voilà prêt de nouveau pour toutes les fêtes.

*On entraîne le Premier Sénateur qui résiste et hurle.*

**PREMIER SÉNATEUR :** Je ne veux pas. Mais c'est une plaisanterie.

*Il hurle.*

**CALIGULA :** *(rêveur – entre les hurlements)* Bientôt, les routes sur la mer seront couvertes de mimosas. Les femmes auront des robes d'étoffe légère et on verra leurs seins. Un grand ciel frais et battant, Cassius. Les sourires de la vie ! *(Cassius est prêt à sortir. Cæsonia le pousse doucement. Caligula, se retournant, soudain sérieux.)* La vie, Cassius. Si tu l'avais assez aimée, tu ne l'aurais pas jouée avec tant d'imprudence. *(On entraîne Cassius. Caligula, revenant vers la table, comme accablé.)* Et quand on a perdu il faut toujours payer. *(Un temps.)* Viens, Cæsonia. *(Il se tourne vers les autres.)* Il m'est venu une belle pensée que je veux partager avec vous. Mon règne jusqu'ici a été trop heureux. Ni peste universelle, ni religion cruelle, pas même un coup d'État, bref, rien qui puisse vous faire passer à la postérité. C'est un peu pour cela, voyez-vous, que j'essaie de compenser la prudence du destin. Je veux dire… je ne sais pas si vous m'avez compris *(Avec un petit rire.)*, enfin, c'est moi qui remplace la peste. *(Changeant de ton.)* Mais taisez-vous. Voici Prætextus et Cherea. C'est à toi, Cæsonia.

*Il sort.*

## Scène 7

*Cæsonia va vivement au-devant de Cherea.*

**CÆSONIA :** Caligula est mort.

*Elle se détourne comme si elle pleurait et fixe les autres qui se taisent. Tout le monde a l'air consterné, mais pour des raisons différentes.*

**PRÆTEXTUS :** Tu… tu es sûre de ce malheur ? Ce n'est pas possible. Il a dansé tout à l'heure.

**CÆSONIA :** Justement. Cet effort l'a achevé. *(Cherea va rapidement de l'un à l'autre, et se retourne vers Cæsonia. Tout le monde garde le silence. Cæsonia, lentement.)* Tu ne dis rien, Cherea.

**CHEREA :** *(aussi lentement)* C'est un grand malheur, Cæsonia.

*Caligula entre brutalement et va vers Cherea.*

**CALIGULA :** Bien joué, Cherea. *(Il fait un tour sur lui-même et regarde les autres. Avec humeur.)* Eh bien, c'est raté. *(À Cæsonia.)* N'oublie pas ce que je t'ai dit.

*Il sort.*

## Scène 8

**CÆSONIA :** Il est très nerveux.

**LE VIEUX SÉNATEUR :** *(soutenu par un espoir infatigable)* Serait-il malade, Cæsonia ?

**CÆSONIA :** *(le regardant avec haine)* Non, ma jolie. Mais ce que tu ignores, c'est que cet homme dort deux heures toutes les nuits et le reste du temps, incapable de reposer, erre dans les galeries de son palais. Ce que tu ignores, ce que tu ne t'es jamais demandé, c'est à quoi pense cet être pendant les heures mortelles qui vont du milieu de la nuit au retour du soleil. Malade ? Non, ma jolie, il ne l'est pas. À moins que tu n'inventes un nom et des médicaments pour ces ulcères sanguinolents dont son âme est couverte.

**CHEREA :** *(qu'on dirait touché)* Tu as raison, Cæsonia. Nous n'ignorons pas que Caïus...

**CÆSONIA :** *(plus vite)* Non, vous ne l'ignorez pas. Mais comme tous ceux qui n'ont point d'âme, vous ne pouvez supporter ceux qui en ont trop. Les bien-portants détestent les malades. Les heureux ne peuvent voir les malheureux. Trop d'âme ! Voilà qui est gênant, n'est-ce pas ? Alors on appelle cela maladie : les cuistres sont justifiés et contents. *(D'un autre ton.)* Est-ce que tu as jamais su aimer, Cherea ?

**CHEREA :** *(de nouveau lui-même)* Nous sommes trop vieux pour apprendre maintenant, Cæsonia. Et d'ailleurs, il n'est pas sûr que Caligula nous en laissera le temps.

**CÆSONIA :** *(qui s'est reprise)* Il est vrai. *(Elle s'assoit.)* Et j'allais oublier les recommandations de Caligula. Vous savez qu'aujourd'hui est un jour consacré à l'art.

**LE VIEUX SÉNATEUR :** D'après le calendrier ?

**CÆSONIA :** Non, d'après Caligula. Il a convoqué quelques poètes. Il leur proposera une composition improvisée sur un sujet donné. Il désire que ceux d'entre vous qui sont poètes y concourent expressément. Il a désigné en particulier le jeune Scipion et Metellus.

**METELLUS :** Mais nous ne sommes pas prêts.

**CÆSONIA :** *(comme si elle ne l'avait pas entendu – d'une voix neutre)* Naturellement, il y aura des récompenses. Il y a aussi des punitions. *(Petit recul des autres.)* Je puis vous dire en confidence qu'elles ne sont pas très graves.

*Entre Caligula. Il est plus sombre que jamais.*

## Scène 9

**CALIGULA :** Tout est prêt ?
**CÆSONIA :** Tout. *(À un garde.)* Faites entrer les poètes.

*Entrent deux par deux une douzaine de poètes qui descendent à droite au pas cadencé.*

**CALIGULA :** Et les autres ?
**CÆSONIA :** Metellus et Scipion !

*Tous deux se joignent aux Poètes. Caligula s'assoit dans le fond à gauche avec Cæsonia et le reste des Sénateurs. Petit silence.*

**CALIGULA :** Sujet : la mort. Délai : une minute.

*Les Poètes écrivent précipitamment sur leurs tablettes.*

**LE VIEUX SÉNATEUR :** Qui fera le jury ?
**CALIGULA :** Moi. Cela n'est pas suffisant ?
**LE VIEUX SÉNATEUR :** Oh ! oui, Caïus. Tout à fait suffisant.
**CHEREA :** Est-ce que tu participeras au concours, Caïus ?
**CALIGULA :** C'est inutile. Il y a longtemps que j'ai fait ma composition sur ce sujet.
**LE VIEUX SÉNATEUR :** *(empressé)* Où peut-on se la procurer, Caïus ?
**CALIGULA :** À ma façon, je la récite tous les jours. *(Cæsonia le regarde, angoissée. Caligula, brutalement.)* Qu'est-ce que j'ai dans la figure qui te déplaît ?
**CÆSONIA :** *(doucement)* Je te demande pardon.
**CALIGULA :** Ah ! je t'en prie, hein, pas d'humilité. Surtout pas d'humilité ! Toi, tu es déjà difficile à supporter, mais ton humilité ! *(Cæsonia remonte lentement. Amer, à Cherea.)* Je continue. C'est l'unique composition que j'aie faite. Mais aussi, elle donne la preuve que je suis le seul artiste que Rome ait connu, le seul, tu entends, qui mette en accord sa pensée et ses actes.
**CHEREA :** *(ambigu)* Tu en as le pouvoir.
**CALIGULA :** Justement. Les autres créent par défaut de pouvoir. Moi je n'ai pas besoin d'une œuvre. Je vis. *(Brutalement.)* Allons, vous autres, vous y êtes ?
**METELLUS :** Nous y sommes, je crois.
**TOUS :** Oui.
**CALIGULA :** Alors, écoutez-moi bien. Vous allez quitter vos rangs. Je sifflerai. Le premier commencera sa lecture. À mon coup de sifflet, il doit s'arrêter et le second commencer. Et ainsi de suite. Le vainqueur, naturellement, sera celui dont la composition n'aura pas été interrompue par le sifflet. Préparez-vous. *(Il se retourne vers Cherea et, confidentiel.)* Il faut de l'organisation en tout, même en art.

*Coup de sifflet.*

**PREMIER POÈTE :** Mort, quand par-delà les rives noires…

*Sifflet. Le Poète descend à gauche. Les autres feront de même. Scène mécanique.*

**DEUXIÈME POÈTE :** Les Trois Parques en leur antre…

*Sifflet.*

**TROISIÈME POÈTE :** Je t'appelle, ô mort !

*Sifflet rageur. Le Quatrième Poète s'avance et prend une pose déclamatoire. Le sifflet retentit avant qu'il ait parlé.*

**CINQUIÈME POÈTE :** Lorsque j'étais petit enfant…

**CALIGULA :** *(hurlant)* Non ! mais quel rapport l'enfance d'un abruti a-t-elle avec le sujet, hein, dis, quel rapport ? Tu veux me dire quel rapport ?

**CINQUIÈME POÈTE :** Mais, Caïus, je n'ai pas fini…

*Sifflet strident.*

**SIXIÈME POÈTE :** *(il s'avance, éclaircissant sa voix)* Inexorable, elle s'avance.

*Sifflet.*

**SEPTIÈME POÈTE :** *(mystérieux)* Absconse et diffuse oraison…

*Sifflet entrecoupé. Scipion s'avance sans tablettes.*

**CALIGULA :** Tu n'as pas de tablettes ?

**LE JEUNE SCIPION :** Je n'en ai pas besoin.

**CALIGULA :** Alors voyons.

*Il mâchonne son sifflet.*

**LE JEUNE SCIPION :** *(lentement – très près de Caligula, sans le regarder et avec une sorte de lassitude)*

Seins libres des femmes et douceur de la terre,
Chasse au bonheur qui fait les êtres purs,
Ciel où le soleil ruisselle,
Fêtes uniques et sauvages, mon délire sans espoir !

**CALIGULA :** *(doucement)* Arrête, veux-tu ? Les autres n'ont pas besoin de concourir. *(À Scipion.)* Tu es bien jeune pour connaître les vraies leçons de la mort.

**LE JEUNE SCIPION :** *(fixant Caligula)* J'étais bien jeune pour perdre mon père.

**CALIGULA :** *(se détournant brusquement)* Allons, vous autres, formez vos rangs. Écoutez-moi bien, déchets. Vous salissez l'art. Vous êtes des porcs. Ce n'est encore rien. Mais des porcs savants en mythologie et cela c'est insupportable. Remerciez-moi de ne pas vous saigner comme cet animal inesthétique. Mais vous allez défiler devant moi au sifflet et lécher vos tablettes pour y effacer toutes les traces de vos déjections. Les autres aussi, ceux qui n'ont pas concouru. Eux aussi sont des porcs. Attention ! En avant ! *(Coups de sifflet rythmés. Les Poètes marchant au pas sortent par la droite en léchant leurs immortelles tablettes. Caligula, plus bas.)* Et sortez tous.

*À la porte Cherea retient Prætextus par l'épaule.*

**CHEREA :** Le moment est venu.

*Le Jeune Scipion qui a entendu, hésite sur le pas de la porte et va vers Caligula.*

**CALIGULA :** *(méchamment)* Qu'est-ce que tu veux ?
**LE JEUNE SCIPION :** Écoute !
**CALIGULA :** Tu veux parler à l'assassin de ton père ?
**LE JEUNE SCIPION :** Tu as choisi, Caligula.

*Il sort.*

## Scène 10

**CÆSONIA :** Que dit-il ?
**CALIGULA :** Cela dépasse ton entendement. Mais viens près de moi.

*Silence.*

**CÆSONIA :** *(contre lui)* À quoi songes-tu ?
**CALIGULA :** Je me demande pourquoi tu es là depuis si longtemps.
**CÆSONIA :** *(plaisantant)* Parce que je te plais.
**CALIGULA :** Non. Si je te faisais tuer, je crois que je comprendrais.
**CÆSONIA :** Ce serait une solution. Fais-le donc. Mais il n'y a pas de quoi être sombre.
**CALIGULA :** Sombre ! Tu vois. Tu dis comme les autres.
**CÆSONIA :** Pourquoi ne pas vivre librement.
**CALIGULA :** Mais je suis libre.
**CÆSONIA :** Ce n'est pas ainsi que je l'entends. Comprends-moi bien. Cela peut être si bon de vivre et d'aimer dans la pureté de son cœur.
**CALIGULA :** Chacun gagne sa pureté comme il peut. Moi, c'est en poursuivant l'essentiel. Tout cela n'empêche pas d'ailleurs que je pourrais te faire tuer. *(Il rit.)* Ce serait le couronnement de ma carrière. *(Tout ce qui précède a été dit un peu sur le ton de la conversation mondaine. Maintenant la scène change. Caligula s'est levé et a fait tourner le miroir sur lui-même. Lui marche en rond, en laissant pendre ses bras, presque sans gestes, comme une bête.)* C'est drôle. Quand je ne tue pas, je me sens seul. Les vivants ne suffisent pas à peupler l'univers et à chasser l'ennui. Quand vous êtes tous là, vous me faites sentir un vide sans mesure où je ne peux regarder. Je ne suis bien que parmi mes morts. *(Il se campe face au public, un peu penché en avant, il a oublié Cæsonia.)* Eux sont vrais. Ils sont comme moi. Ils m'attendent et me pressent. *(Il hoche la tête.)* J'ai de longs dialogues avec tel ou tel qui cria vers moi pour être gracié et à qui je fis couper la langue.

**CÆSONIA :** Viens. Étends-toi près de moi. Mets ta tête sur mes genoux. *(Caligula obéit.)* Tu es bien. Tout se tait.

**CALIGULA :** *(d'une voix lointaine)* Tout se tait ? Tu exagères. Tu n'entends pas ces cliquetis de fer ? *(On les entend.)* Tu ne sens pas ces mille petites rumeurs qui révèlent la haine aux aguets ?

*Rumeurs.*

**CÆSONIA :** Tu sais bien que tu es César et que personne n'oserait…

**CALIGULA :** Si, la bêtise.

**CÆSONIA :** Elle ne tue pas. Elle rend sage.

**CALIGULA :** *(à demi redressé)* Elle est meurtrière, Cæsonia. Elle est meurtrière lorsqu'elle se juge offensée. Oh, ce ne sont pas ceux dont j'ai tué les fils ou les pères qui m'assassineront. Ceux-là ont compris. Ils sont avec moi. Ils ont le même goût dans la bouche. Mais les autres, ceux que j'ai moqués et ridiculisés, je suis sans défense contre leur vanité.

*Il retombe contre Cæsonia qui le serre contre elle dans un élan sauvage.*

**CÆSONIA :** Mais non, ils ne te tueront pas, mon petit. Ou alors, quelque chose venu de plus haut les consumerait avant qu'ils t'aient touché. Mon petit enfant, le plus saint de tous, le plus tendre de tous. Ah ! qui pourrait vouloir arracher à ta maîtresse son enfant ?

**CALIGULA :** Venu de plus haut ? Il n'y a pas de plus haut, Cæsonia. Mais pourquoi tant d'amour, tout d'un coup ? Ce n'est pas dans nos conventions.

**CÆSONIA :** Ce n'est donc pas assez de te voir tuer les autres, qu'il faille encore savoir que tu seras tué. Ce n'est pas assez de te recevoir cruel et déchiré, de sentir ton odeur de meurtre quand tu te places sur mon ventre ! Tous les jours, je vois mourir en toi ce qui a figure d'homme. *(Avec un accent profond.)* Je suis vieille et près d'être laide, je le sais. Mais ta détresse m'a fait une âme au point qu'il n'importe plus que tu ne m'aimes pas. *(Elle embrasse les mains de Caligula et parle d'une voix entrecoupée.)* Ne peux-tu donc guérir ? Tu es si jeune. Toute une vie devant toi ! Et que demandes-tu donc qui soit plus grand que toute une vie ?

**CALIGULA :** *(il se lève, regarde Cæsonia – lentement)* Voici déjà bien longtemps que tu es là, Cæsonia.

**CÆSONIA :** C'est vrai. Mais tu vas me garder, n'est-ce pas ?

**CALIGULA :** Je ne sais pas. Je sais seulement pourquoi tu es là : pour toutes ces nuits où le plaisir était aigu et sans joie – et pour tout ce que tu connais de moi. *(Il la prend dans ses bras et de la main lui renverse un peu la tête.)* J'ai vingt-neuf ans, Cæsonia. C'est peu. Mais à cette heure où ma vie m'apparaît cependant si longue, si chargée de dépouilles, si accomplie enfin, tu restes le dernier témoin. Et je ne peux me défendre d'une sorte de tendresse honteuse pour la vieille femme que tu es.

CALIGULA (Bruno Putzulu) et CÆSONIA (Cécile Paoli)

**Cæsonia :** Dis-moi que tu vas me garder.

**Caligula :** Je ne sais pas, Cæsonia. J'ai conscience seulement, et c'est le plus terrible, que cette tendresse honteuse est le seul sentiment pur que ma vie m'ait jusqu'ici donné. *(Cæsonia se retire de ses bras. Caligula la suit. Elle colle son dos contre lui, il l'enlace. Avec une sorte de tendresse bizarre.)* Ne vaudrait-il pas mieux, Cæsonia, que le dernier témoin disparaisse ?

**Cæsonia :** Cela n'a pas d'importance. Je suis heureuse de ce que tu m'as dit. Mais pourquoi ne puis-je pas partager ce bonheur avec toi ?

**Caligula :** Tu te trompes, comme tu t'es toujours trompée. Je ne suis pas malheureux. Tu penses, n'est-ce pas, à Drusilla ?

**Cæsonia :** *(vivement)* Tais-toi.

**Caligula :** Non. Je peux désormais en parler. Voilà des années que je n'ai pas prononcé son nom. Il fut un moment où je croyais avoir atteint l'extrémité du désespoir. Eh bien non ! on peut encore aller plus loin. Au bout de cette contrée, c'est un bonheur stérile et magnifique. Regarde-moi. *(Cæsonia se tourne contre lui. Caligula parle en lui passant la main sur le visage.)* À te voir, je comprends ce qu'eût été ma vie avec Drusilla. Aimer un être, c'est accepter de vieillir avec lui. Je ne suis pas capable de cet amour. Drusilla vieille, c'était pire que Drusilla morte. On croit connaître le chagrin parce que l'être qu'on aime meurt en un jour. Mais il y a une souffrance plus terrible encore : c'est de s'apercevoir que les chagrins eux-mêmes ne durent pas. Même la douleur est privée de sens. Tu vois, je n'ai plus rien maintenant, pas même l'ombre d'un amour, pas même la douceur de cette mélancolie. Elle n'était qu'un alibi. Je suis aujourd'hui encore plus libre qu'il y a des années, libéré que je suis du souvenir et de l'illusion. *(Il rit d'une façon passionnée.)* Je sais que rien ne dure ! Savoir cela ! Nous sommes deux ou trois dans l'histoire à en avoir fait vraiment l'expérience, accompli ce bonheur dément. Cæsonia, Cæsonia, tu as suivi jusqu'au bout une bien belle tragédie. Il est temps que pour toi le rideau se baisse.

*Il passe à nouveau derrière elle et passe son avant-bras autour du cou de Cæsonia.*

**Cæsonia :** *(avec effroi)* Est-ce donc du bonheur, cette liberté épouvantable ?

**Caligula :** *(écrasant peu à peu de son bras la gorge de Cæsonia)* Sois-en sûre, Cæsonia. Sans elle, j'eusse été un homme satisfait. Grâce à elle, j'ai conquis la divine clairvoyance du solitaire. *(Il s'exalte de plus en plus, étranglant peu à peu Cæsonia qui se laisse aller sans résistance, les mains un peu offertes en avant. Il lui parle, penché sur son oreille.)* Je vis, je tue, j'exerce le pouvoir délirant du destructeur, auprès de quoi celui du créateur paraît une singerie. C'est cela être heureux, Cæsonia. C'est cela le bonheur, cette insupportable délivrance, cet universel mépris, le sang, la haine autour de moi, cet isolement non pareil de l'homme qui tient toute sa vie sous son regard, la joie démesurée de l'assassin impuni, cette logique implacable qui broie des vies humaines *(Il serre en riant.)*, qui te broie, Cæsonia, pour parfaire enfin la solitude éternelle que je désire.

**CÆSONIA :** *(se débattant faiblement)* Mon petit !

**CALIGULA :** *(de plus en plus exalté)* Non, pas de tendresse. Surtout pas de tendresse. Qu'on en finisse. Nous nous sommes déjà trop laissés aller. Pas de tendresse, chère Cæsonia. *(Cæsonia râle sans discontinuer. Caligula la traîne sur le lit où il la laisse tomber. La regardant d'un air égaré – d'une voix rauque.)* Et toi aussi, tu étais coupable.

## Scène 11

*Il tourne sur lui-même, hagard, va vers le miroir, le tourne vers lui.*

**CALIGULA :** Caligula ! Toi aussi, toi aussi, tu es coupable. Alors n'est-ce pas, un peu plus, un peu moins. *(Un temps.)* Comprendront-ils jamais ? Ils me jugent et tu me juges. Comme je t'admire de pouvoir juger. *(Avec tout l'accent de la détresse, se collant, se pressant contre le miroir.)* Tu vois ! Hélicon n'est pas venu ! Je n'aurai pas la lune ! Et voilà que j'ai peur. Ah ! si tu savais cette abjection du cœur, ce dégoût et cette vomissure quand après avoir méprisé les autres, on se sent dans l'âme la même lâcheté et la même impuissance. La lâcheté ! Mais cela ne fait rien. La peur ne dure pas non plus. Je vais retrouver ce grand vide où l'âme s'apaise. Tu es empereur, comme c'est beaucoup. Je ne suis rien et c'est bien peu. Rien, Caligula, rien. Je suis vide et creux comme un arbre sec. Ils disent, tu dis aussi, que j'ai le cœur dur. Mais non et tu sais bien qu'il ne peut pas être dur puisque à l'endroit où il devrait exister, je n'ai rien – qu'un grand trou vide où s'agitent les ombres de mes passions. *(Il recule un peu et passe ses mains sur son visage. Il revient vers le miroir, se contemple et s'agenouille devant lui. Il semble plus calme. Il recommence à parler, mais d'une voix plus basse et plus concentrée.)* Tout a l'air si compliqué. Tout est si simple pourtant. Si j'avais eu la lune, ou Drusilla, ou le monde, ou le bonheur, tout serait changé. Tu le sais, Caligula, que je pourrais être tendre. La tendresse ! Mais où en trouver qui suffise à ma soif ? Quel cœur aurait pour moi la profondeur d'un lac ? *(Il commence à pleurer lentement.)* Rien dans ce monde ni dans l'autre qui soit à ma mesure. Je sais pourtant et tu le sais aussi *(Il tend ses mains vers le miroir en pleurant.)*, qu'il a suffi d'un être, qu'il suffirait que l'impossible soit. L'impossible ! Je l'ai cherché aux limites du monde, aux confins de moi-même. J'ai tendu mes mains. *(Criant.)* Je tends mes mains et c'est toi que je rencontre, toujours toi comme un crachat en face de moi. Toi, devant l'huile brillante et douce des étoiles – toi, dans un soir comme ce soir – et je suis pour toi plein de haine – et tu m'es comme une blessure que je voudrais déchirer de mes ongles pour que le sang et le pus mêlés à ma vie en sortent à gros bouillons. Cette nuit est lourde ! Hélicon n'est pas venu. Coupable en face d'une image de coupable ! Cette nuit est lourde comme la douleur humaine ! *(Des bruits d'armes et des chuchotements s'entendent en coulisse. Il se relève, prend un siège et approche en soufflant du miroir. Il s'observe, simule un bond en avant et devant le retrait de son double dans la glace, lance son siège à toute volée en hurlant.)* À l'histoire, Caligula, à l'histoire ! *(Le miroir se brise et dans le même moment, par toutes les issues, entrent les conjurés en armes. Caligula leur fait face et éclate d'un rire sauvage. Le premier, d'un bond, Cherea est sur lui et le frappe de son poignard, trois fois en pleine figure. Le rire de Caligula se transforme en hoquets. Tous frappent hâtivement et en désordre. Dans un dernier hoquet, Caligula, riant et râlant, hurle.)* Je suis encore vivant !

*Rideau.*

*FIN*

# Commentaires

## Simulacre et subversion

### Rencontre avec Stéphane Olivié Bisson

**C'est à une véritable rencontre avec l'homme Albert Camus que nous convie le metteur en scène Stéphane Olivié Bisson avec son spectacle de la version primitive de *Caligula* (1941).**

De gauche à droite : Cécile Paoli, Jean de Coninck, Pascal Castelletta, Patrick d'Assumçao (debout au centre) et Clément Carabédian. © Maria-Letizia Piantoni

**L'avant-scène théâtre : Pourquoi avez-vous souhaité mettre en scène la version primitive de *Caligula* alors que l'on joue ordinairement des versions plus tardives ?**

**Stéphane Olivié Bisson :** Camus ne s'est jamais départi de *Caligula*, et a retouché la pièce tout au long de sa vie. Je crois qu'il y a mis beaucoup de lui-même. Chaque reprise de la pièce par Camus m'apparaît comme un témoignage de l'instant et le signe d'une évolution philosophique, mais en même temps, l'auteur semble s'éloigner, au fur et à mesure des versions, de sa sincérité première. C'est pourquoi j'ai été très sensible à la version primitive et que j'ai voulu la mettre en scène. Les dernières versions me semblent beaucoup plus accentuer la dimension politique de la pièce, et de ce fait, se coupent de ce qui est plus intime à l'auteur. Dans la version de 1941, j'aime l'impudeur de Camus, qui est très rare dans son œuvre, sauf peut-être naturellement dans *Le Premier Homme* qui n'est resté qu'à l'état de brouillon. Parce que le contexte de l'après-guerre était différent, Camus a sans doute voulu, au fil des versions, clarifier sa pensée, au détriment d'une poésie plus sauvage qui anime le texte d'origine. Or ce que j'ai aimé dans ce dernier, c'est son côté animal, instinctif, libertaire.

**AST : On entend dire parfois du théâtre de Camus qu'il est daté. Comment réagissez-vous à cela ?**

**S. O. B. :** Indépendamment du purgatoire où l'on a placé l'œuvre de Camus – même si cela commence à changer –, Camus souffre en France d'un regard très condescendant au regard de toutes les disciplines auxquelles il s'est exercé, du journalisme à la philosophie en passant par le roman ou le théâtre. Mais peu de philosophes écrivains ont réussi comme lui l'alliance de l'écriture et de la pensée… Pour s'en tenir à l'œuvre dramatique de l'auteur, on a coutume d'entendre qu'il s'agit de théâtre sans personnage, « d'idées en costumes ». L'adjectif « didactique » l'a marqué au fer rouge… Mais la profondeur et la complexité des personnages est bien là : prenez, dans *Caligula*, les patriciens, Scipion, Caligula évidemment. Je ne veux pas me poser en découvreur, mais je trouve que l'on a souvent manqué de délicatesse avec Camus – et notamment avec cette pièce qui a souvent été mal montée et dont le rôle principal a souvent été confisqué par l'acteur qui l'a incarné – et que l'on a pas toujours voulu voir la profondeur du champ immense que nous offre son œuvre.

**AST : Pourquoi avez-vous tenu à ajouter d'autres textes de Camus à la pièce ?**

**S. O. B. :** Je n'ai pas cherché à oublier l'homme Camus en imaginant le spectacle, bien au contraire. J'ai plutôt voulu en dresser une sorte de portrait sensible. C'est pourquoi je me suis permis d'enrichir le texte, sans le dénaturer, d'extraits d'autres textes de Camus de la même période. L'introduction du personnage de Drusilla – qui reste hors de l'action – a été rendue possible par l'adjonction du texte *Devant la morte* ou par l'emprunt de quatre phrases de *La Mort heureuse* par exemple.

**AST : Comment avez-vous appréhendé la pièce ?**

**S. O. B. :** Je n'ai pas voulu appuyer la folie et la tyrannie de Caligula, même si, bien entendu, je ne l'ai pas niée non plus et intégrée au spectacle. Folie et tyrannie me paraissent être avant tout des regards sociaux, mais ne disent peut-être rien

Claire Hélène Cahen et Bruno Putzulu. © Maria-Letizia Piantoni

des rouages intimes de la personne – et nous avons d'ailleurs enlevé du jeu tous les tics de folie, comme les rictus, etc. C'est surtout l'Histoire qui a fait de Caligula un monstre. Or il m'apparaît plutôt comme un être à la recherche de son enfance, qui lui a été confisquée pour des motifs politiques. Et quand il a le pouvoir, il ne s'en sert finalement que pour retrouver cette enfance. Mais cela devient monstrueux car il n'est plus l'heure pour lui. D'où cette idée scénographique de transformer la salle du trône en chambre d'enfant, où Caligula prend place sur un empilement de matelas. Plus les actes passent, plus Caligula subvertit le décor, ramène des objets et les contraint à dire sa réalité. Sa tyrannie s'exerce à mes yeux plus sur ces choses-là que sur les êtres et le monde, et sa volonté de puissance n'est pas idéologique mais naturelle, sans volonté de faire le mal. C'est pourquoi, dans cette première version du texte, on ne peut pas le rapprocher des tyrans du XX$^{e}$ siècle comme on a pu le faire avec les versions suivantes. Ici, Caligula ne veut pas écraser les autres mais « exister davantage », et il est en ce sens et assez paradoxalement un pédagogue de la liberté. Ses provocations sont des invitations à la révolte. Dans sa conduite subversive, il est presque Diogène : quand il parle, le carcan social explose ; quand il se prend pour Dieu, il s'amuse à incarner un dieu grotesque pour se moquer des croyances, etc. Puis il se lasse de tout cela, de toute cette comédie du pouvoir,

De gauche à droite : Clément Carabédian, Pascal Castelletta, Claire Hélène Cahen et Bruno Putzulu. © Maria-Letizia Piantoni

et veut aller au bout de son sacrifice. Un peu comme un Christ. Cette figure obsède d'ailleurs Camus, qui voit dans le Christ la première victime de l'absurde : celui qui se sacrifie et qui réalise, au moment du trépas, que cela ne changera rien… C'est pourquoi il m'apparaît que la trajectoire de Caligula est aussi celle d'une passion, au sens chrétien. Un chemin de croix. Bien sûr, cela n'apparaît pas dans le spectacle de manière symbolique, mais cela irrigue souterrainement et puissamment mon travail sur la pièce.

**AST : Comment avez-vous travaillé avec les comédiens ?**

**S. O. B. :** J'ai toujours conservé avec moi un cahier de régie, où j'ai noté toutes sortes de réflexions, extraits de textes, qui nous ont servi quand nous bloquions sur un écueil. Nous savions que nous ne voyagions pas à vide ainsi et que nous disposions de « réserves ». Cela nous a permis d'appuyer des propositions venue du plateau, sans céder aux facilités du moment – je me méfie beaucoup de la première intuition, qui fait courir le risque de la complaisance ! Je suis toujours tenté de continuer à travailler, et, pour paraphraser Chéreau, je pense que la première d'un spectacle n'est pas le moment où le travail est achevé mais celui où le travail a dû s'arrêter faute de moyens.

**AST : Pourquoi avez-vous tenu à travailler avec Bruno Putzulu ?**

**S. O. B. :** Je n'avais jamais osé mettre en jeu notre amitié en lui proposant de travailler ensemble. Mais j'ai senti qu'il y avait une coïncidence formidable entre ce que je sais du comédien et ce rôle de Caligula, ce qui était à la fois excitant et risqué. Bruno a une manière de se jeter dans un texte qui peut faire peur : il prend des risques, il mise sur chaque phrase, il a un instinct formidable du texte, il a une intelligence profonde des liens entre les personnages et un courage d'acteur très rare. Parfois, tout cela l'égare. Puis il se reprend. Il varie sans cesse son jeu, non comme un exercice de style, mais dans une recherche continue de la vérité du rôle. Il se laisse envahir par la nécessité de l'instant sans jamais « décadrer » et oublier ses partenaires. Cette approche organique est troublante et fascinante pour un metteur en scène.

**Propos recueillis par Olivier Celik**

# « Une sorte de Christ du mal »

## Entretien avec Bruno Putzulu

**Rôle-titre de la pièce, Bruno Putzulu revient sur les raisons qui l'ont poussé à travailler en compagnie du metteur en scène Stéphane Olivié Bisson sur l'un des personnages les plus passionnants du répertoire contemporain.**

Bruno Putzulu. © Maria-Letizia Piantoni

**L'avant-scène théâtre : Comment s'est faite cette collaboration avec Stéphane Olivié Bisson ?**

**Bruno Putzulu :** Je connaissais Stéphane Olivié Bisson pour avoir tourné un film avec lui, il y a une quinzaine d'années. C'était *Les Gens qui s'aiment* de Jean-Charles Tacchella. Il y avait une relation très gaie entre nous. Quand, longtemps après, il m'a proposé de jouer *Caligula*, j'ai été surpris. D'une part, j'avais surtout l'habitude de rire avec Stéphane. D'autre part, lorsque j'ai lu la pièce, je suis passé de l'image d'un homme terrible à quelqu'un pour lequel on éprouve de l'amitié. Une double surprise.

**AST : Pourquoi vous êtes-vous engagé dans ce nouveau rôle ?**

**B. P. :** Ce qui m'a attiré dans le projet de Stéphane Olivié Bisson, c'est la volonté de ne pas faire de Caligula tout à fait un tyran. Si on joue la pièce ainsi, on la réduit. Un tyran agit de façon cupide et haineuse. Caligula, lui, est plutôt une sorte de Christ du mal. Il ne veut pas s'enrichir ou exterminer, il veut repousser les limites de la vie. C'est pour cela qu'il voit sa vie comme de l'art. Avec Stéphane, on est tombé d'accord sur cette compréhension-là. C'est important d'être d'accord dès le début. Sinon, ensuite, le point d'entente est très difficile à trouver. Beaucoup font du Caligula de Camus un Hitler ou un Bokassa, un vrai dingue. C'est plus facile pour le comédien. Mais ce n'est pas ça. Au fond, je pense toujours à Philippe Adrien qui, à son cours du Conservatoire, après nous avoir entendus, disait souvent : « Ce n'est pas mal. Mais si on faisait le contraire ? » Je me dis toujours : « Si c'était le contraire ? »

**AST : Alors qui est ce Caligula ?**

**B. P. :** Catherine Camus a demandé à Stéphane Olivié Bisson si l'acteur qui jouait le rôle « avait de la douceur ». Cette question m'a fait plaisir. Quelquefois, Caligula est un être doux. Mais l'idée de la mort lui est insupportable. Il n'admet pas que la vie et les choses aient une fin. Il dit que sa vie n'a pas d'importance mais il est emporté par son excès de vie. Au début, c'est un personnage égaré, crucifié par la mort de sa sœur. Il est tel que le voit Scipion : jeune et poète. C'est à ce moment-là qu'on lui dit qu'il faut s'occuper de l'argent public. L'argent est donc plus important que la vie humaine ! Il se promet d'appliquer cette logique. Il va jusqu'au bout de ce chemin, avant de s'apercevoir qu'il n'a abouti à rien. Le metteur en scène m'a rapporté que les jeunes du public scolaire lui disent : quelquefois j'aime Caligula, quelquefois je ne l'aime pas. Tant mieux ! Le risque au théâtre, c'est de faire visiter clés en main, de laisser entendre qu'on a tout compris. Mais le théâtre, c'est le contraire de cela ! J'ai parfois pensé à Godard pour composer ce Caligula. J'ai en effet tourné dans son film *Éloge de l'amour*. Il passe pour froid alors qu'il est d'une grande générosité. Caligula, lui, veut faire quelque chose de haut pour les hommes. Il pense qu'en repoussant ses limites, il délivrera les hommes et qu'il changera lui-même. Il se trompe. Godard est quelqu'un qui suit une ligne rigoureuse, creuse un sillon pour trouver des réponses à ses questions. J'ai fait une émission de télévision avec lui. La présentatrice lui a dit : « Votre film, on ne le comprend pas. » Il a répondu : « En effet, on ne comprend pas mais cela peut vous parler d'une certaine manière. » Dans la pièce de Camus, les moments d'opacité, il ne faut pas les réduire à la folie.

**AST : Mais jouer Camus, n'est-ce pas aussi interpréter une langue ?**

**B. P. :** Oui, le jeu en rend compte. La langue de Camus, très belle, permet d'échanger des choses. Mais, au fond, peu importe la langue. L'intensité vient de ce que, quand on joue Camus, Beckett, Ruzzante, les personnages semblent se dire : l'humanité ne suffit pas, il faut s'adresser à l'au-delà. Quand on dit à un acteur : « plus fort », ce n'est pas une question de voix. Mais une question de force de pensée. La poésie est une autre façon de dire les mots, mais l'important, c'est le sens. Alain Françon dit aux acteurs : « Le texte, c'est une vitre embuée. Le sens, c'est ce que vous tracez sur la buée. » Jouer, c'est très organique. Avec Camus, on ne fait pas de la philosophie en costumes.

**AST : Vous êtes acteur depuis une vingtaine d'années. Comment considérez-vous ce temps passé à jouer ?**

**B. P. :** Il y a exactement vingt ans que je joue. Je suis entré au Conservatoire à vingt-trois ans. Face à ces années, il y a de la nostalgie. Je pense aux rendez-vous marquants : *Godot* avec Philippe Adrien, *Dandin* avec Catherine Hiegel, *Ruzzante* avec Jean-Claude Berutti. Et *Caligula* fera partie des pièces qui comptent. Je me souviens aussi de *La Serva amorosa* de Goldoni dans la mise en scène de Jacques Lassalle : c'est là que Giorgio Strehler m'a vu et m'a dit : « Je vous appelle. » Il m'a appelé mais j'avais signé entre-temps pour le film de Tavernier, *L'Appât*. C'est un grand souvenir, même si on n'a pu aller jusqu'au bout. D'autres rencontres ont compté : Alain Françon, Frédéric Bélier-Garcia. Les trois ans au Conservatoire, je les ai faits dans la classe d'Adrien. Il disait en plein cours : « Ça ne sert à rien de continuer aujourd'hui, je vais vous lire un poème. » Quand il n'avait rien à dire, il ne disait rien ! Ensuite, les bonnes choses arrivaient au bon moment. Quand je parlais avec Philippe Noiret et Monique Chaumette pour le livre que j'ai fait, mes interlocuteurs me disaient : « Jean Vilar, c'était ça. » Stéphane Olivié Bisson est de cette lignée, avec la modestie de ces metteurs en scène. Il y a un moment où l'acteur connaît mieux le texte que celui qui le dirige. Le metteur en scène, qui est garant du projet final, doit accepter cela, et l'acteur rester à l'écoute.

Bruno Putzulu. © Maria-Letizia Piantoni

**AST : Précisément, comment travaille-t-on avec Stéphane Olivié Bisson ?**

**B. P. :** C'est la première fois que je travaille avec quelqu'un de plus jeune que moi ! Il dégage beaucoup de douceur. J'aime ça. Je n'aime pas les climats de conflit ! Stéphane Olivié Bisson avait beaucoup travaillé en amont. Mais cela ne l'empêchait pas de revenir sur un choix en discutant avec les acteurs. C'est rare et c'est important.

**Propos recueillis par Gilles Costaz**

# Le miroir d'Albert Camus

par Jean Daniel

**Journaliste et écrivain, fondateur du *Nouvel Observateur*, Jean Daniel a été très proche d'Albert Camus. Il évoque ici la place de la figure de Caligula chez l'écrivain.**

POURQUOI LES MONSTRES fascinent-ils ? On pose la question à De Gaulle en lui demandant quel est le personnage qui l'a le plus impressionné. Il répond sans hésiter : Staline. Il trouve normal d'avoir un tel jugement et il juge normal de le dire. Pour exceptionnels qu'ils soient, les monstres sont nombreux et on peut choisir celui qui est le plus monstrueusement original. En choisissant Caligula, le jeune Camus répond : parce que mon héros pousse la monstruosité jusqu'au bout, qu'il est le seul à le faire et que chacun rêve d'une telle logique lorsqu'elle est conduite à l'extrême.

Camus a vingt-cinq ans. Il dit que c'est l'âge où l'on doute de tout sauf de soi. Il a pourtant bien des raisons de douter de lui, ne serait-ce que parce que la tuberculose, à certains moments, terrasse ce qu'il croit posséder de génial en lui, c'est-à-dire qu'il connaît l'enfer qui suit ses amours avec la mer et le soleil. En tout cas, après une lecture de Suétone, il choisit Caligula. Suétone ? C'est un nom que l'on connaissait bien lorsqu'on faisait ses humanités. Sa *Vie des douze Césars* est incontournable. Douze interprétations tragiques et comiques, déconcertantes et misérables et qui représentent l'homme qui a trop de rêves et trop de pouvoir pour ne pas être tenté par le délire dévastateur.

Caligula est le fils de Germanicus et d'Agrippine, c'est-à-dire qu'il a en naissant de quoi ne pas être n'importe qui. Celui de Suétone aime la popularité et la débauche, le spectacle de la torture l'enchante et il est capable d'imagination : il aime tant son cheval nommé Incitatus que, la veille des courses, il envoie des soldats imposer le silence nécessaire à son repos. Il donne à Incitatus des esclaves et une maison. Il va jusqu'à lui destiner le titre de consul. Cet homme a fait tout ce que l'on peut rêver d'obscène, de délirant, de blasphématoire et de provoquant, c'est ce qui attire le jeune Camus, qui a vingt-cinq ans, exactement l'âge que Suétone donne à Caligula lorsqu'il prend le pouvoir. Ce personnage philosophe tranquillement sur les malheurs qu'il provoque. Sur ses victimes, sur son peuple, sur tous les hommes il prononce cette phrase qui émerveille Jean Grenier, le maître de Camus : « Finalement ils sont tous coupables. » Une façon de dire qu'il est lui-même innocent ou qu'à la fin des fins, il ressemble hélas aux autres alors qu'il voulait leur être supérieur. Sauf que le Caligula de Camus prétend à une supériorité : il connaît la vérité.

Revenons au jeune Camus en train d'imaginer Caligula en homme de théâtre, ce qu'il est et qu'il restera jusqu'à l'obsession. Déjà envouté par Hamlet et par

Dom Juan, déjà frappé par l'existence du mal. Là aussi il faut s'arrêter : car Caïus Caligula, au départ de la pièce, est absent. Sa maîtresse, qui est aussi l'une de ses sœurs, est morte. Camus aura beau lui faire dire plus tard que la perte d'un amour n'a pas décidé de son destin, c'est un fait que tout part du malheur survenu par une liaison incestueuse. La mort, il n'y a pas de quoi en faire un drame, dit un patricien. Je pense au contraire que si, et je ne suis pas d'accord avec les derniers commentateurs de la pièce. Tout part de là. On peut à la rigueur rapprocher ce début de celui de *La Mort heureuse*. Il commence en effet par un meurtre, mais avec cette mort, on est loin du célèbre incipit de *L'Étranger* : « Aujourd'hui, maman est morte. » Oui, la mère de Meursault est morte, mais on ne sait pas ce qu'il en pense et il va être condamné parce qu'il ne l'aura pas pleurée et que dans l'indifférence, il est allé voir un film de Fernandel. Drusilla, la sœur et amante de Caïus Caligula, est morte et lui disparaît pendant quatre jours, avec l'idée qu'un seul être va lui manquer et que donc tous les autres n'ont pas d'importance, et qu'il faut aller jusqu'au bout de ce destin absurde qui a fait mourir un être aimé.

C'est le signataire de ces lignes qui pense cela après bien des lectures. Car je place très haut cette œuvre de Camus, en fait sur le même niveau qu'un autre chef-d'œuvre, *La Chute*. Deux œuvres d'une ambiguïté infinie qui ne sont pas des écrits à thèses – car celles-ci sont contradictoires – et dont on a jamais fini de saisir la vraie signification. Alors ce jeune auteur, revenons à lui, païen, panthéiste, ne cherchant pas Dieu ailleurs que partout, selon l'expression de Gide, exalté par le bonheur de vivre l'instant, de se perdre dans les aurores maritimes mêlées aux crépuscules mystiques, transporté par les sens et par ce qu'il appellera « une force obscure » et en somme, pour tout dire comblé par l'intensité fugace, le voici qui découvre le tragique, c'est-à-dire le destin – d'autres diront la condition humaine – qu'il refuse. Et il choisit Caligula, car c'est la découverte rêvée du pouvoir suprême, avec tous les symboles que le mot et la fonction véhiculent. Il peut se croire proche de Dieu et il veut l'être. Qui n'a rêvé d'être un jour Dieu, demande Malraux ? C'est Nietzche qui est partout présent dans ce drame. Dans le bureau de Camus, il y avait toujours une énorme photo, certaines semaines c'était Pascal, remplacé ensuite par Dostoïevski ou Tolstoï, mais il y avait toujours Nietzsche dont la folie finale, disait-il, le rappelait à l'ordre. Caligula est bien sûr dans plusieurs sens et dans celui de Camus un héros nietzschéen, alors qu'il lui arrive d'avoir de luxueuses méditations. « Simplement je me suis senti soudain, tout d'un coup, un besoin d'impossible. Les choses telles qu'elles sont ne me semblent pas satisfaisantes […] Je sais aussi ce que tu penses. Que d'histoires pour la mort d'une femme […] cette mort n'est rien je te le jure, elle est seulement le signe d'une vérité toute simple et toute claire, un peu bête mais difficile à découvrir et lourde à porter. » Hélicon demande quelle est cette vérité. Réponse de Caligula : « Les hommes meurent et ne sont pas heureux. »

C'est en effet une vérité toute simple mais le fait qu'on s'en arrange montre à Caligula que tout autour de lui est mensonge. Et il veut que l'on vive dans la vérité. Et justement, il croit en avoir les moyens en découvrant que ce n'est pas possible autrement que par la dérision et la cruauté. Alors il demande l'impossible. Il dit qu'il veut la lune. Il y a dans ce vœu puéril un défi candide, grandiloquent et désespéré. Il s'entoure de ses propres victimes, confisque les biens d'un ami, tue le père de Scipion, un tout jeune homme qui le comprend et qui l'aime. Un jeune poète auquel il montre que la poésie ne lui est pas étrangère et lui parle du « cri des martinets dans le ciel vert » et de « cette odeur de fumée, d'arbres, d'eaux qui montent au creux de la nuit ». Scipion oublie son père assassiné pour évoquer « cette minute subtile où le ciel brusquement bascule et nous montre en un instant son autre face, gorgée d'étoiles luisantes ». C'est Caligula qui enlève la femme d'Octavius et la fait travailler dans une maison publique. C'est le même qui étrangle de ses mains Cæsonia, sa « vieille maîtresse », qu'il respecte peut-être plus que les autres. Veut-il leur mort à tous ? Non, répond un personnage, Cherea. Non, car cela est secondaire. Caligula met son pouvoir au service d'une passion plus haute et plus mortelle, il nous menace dans ce que nous avons de plus profond. Sans doute ce n'est pas la première fois que, chez nous, un homme dispose d'un pouvoir sans limite, mais c'est la première fois qu'il s'en sert sans limites jusqu'à nier l'homme et le monde.

Le vrai moment de pureté théâtrale arrive avec les scènes burlesques, des humiliations. Caligula a réunit les patriciens et prétend se faire adorer comme s'il incarnait Vénus et il leur demande de répéter sans cesse des phrases à la fois insolites et serviles. Ces scènes sont d'un comique absolu, comme peut l'être Saint-Simon lorsqu'il décrit les courtisans de Versailles. Devant le pouvoir, tous sont coupables parce qu'ils sont tous lâches. Le spectateur rit de ses propres lâchetés et il n'en guérira pas. Devant la force de ce Caligula, somptueusement interprété par l'archange Gérard Philipe, les premiers spectateurs sont peut-être les seuls à bien comprendre ce que Camus a voulu faire. La pièce avait été écrite en 1938 avant la guerre, avant les totalitarismes, les barbaries des génocides et la fameuse banalisation du mal. Lorsque j'ai vu *Caligula*, c'était seulement en 1947 au Théâtre Hébertot et c'était Michel Bouquet qui jouait Scipion. Mais nous ne pouvions nous empêcher d'associer l'empereur nietzschéen à ce que Nietzsche lui-même aurait détesté dans Hitler et dans Staline. Surtout dans Hitler d'ailleurs, ou dans Pol Pot, parce qu'il y est question de détruire l'homme pour créer l'homme nouveau et le surhomme. Une dizaine d'années après, lorsqu'on revoit *Caligula*, Camus a fait quelques changements pour bien restituer cette représentation complice de l'horreur que chacun de nous porte dans un secret intime et cauchemardesque. On est proche de Scipion qui dit : « Mon malheur est de tout comprendre », et après les coups des justiciers qui l'achèvent, aucun d'entre nous n'a envie de dire « justice est faite ».

**J. D.**

# *Caligula*, l'œuvre d'une vie

par Pierre-Louis Rey

**De Camus, Pierre-Louis Rey a édité *Caligula*, *Le Malentendu*, *L'État de siège*, *Les Justes* et *Les Possédés* dans la collection « Folio théâtre » (Gallimard), ainsi que *Caligula* (deux versions) dans le tome I des *Œuvres complètes* de Camus, dans la collection « Bibliothèque de la Pléiade » (Gallimard, 2006). Il est aussi l'auteur de *Camus. Une morale de la beauté* (Sedes, 2000), et de *Camus. L'Homme révolté*, « Découvertes » (Gallimard, 2006, rééd. 2009). Il revient ici sur les grands remaniements d'une pièce qui n'a cessé de hanter son auteur.**

*Caligula*, mise en scène de Paul Œttly. Paris, Théâtre Hébertot, octobre 1950. © Studio Lipnitzki/Roger-Viollet

Au cours de l'année 1936, Camus se fait souvent héberger à la « maison devant le monde », sur les hauteurs d'Alger, où habitent aussi trois jeunes filles. Selon le témoignage de Christiane Galindo, future dactylographe de sa pièce, il se prend alors volontiers pour Caligula. Comprenons qu'il s'amuse à réciter des phrases de l'Empereur fou citées par Suétone dans la *Vie des douze Césars*, ouvrage qu'il a découvert en classe de Première supérieure. « Ils sont tous coupables ! » : cette proclamation de Caligula ravissait « par son audace impassible » Jean Grenier, son professeur de philosophie[1]. Camus va en faire un des axes de sa pensée. Clamence, le juge-pénitent de *La Chute* (1956), ne dira pas autre chose, en prenant la précaution de s'accabler lui-même afin d'accuser plus sûrement les autres. En janvier 1937, Camus inscrit sur ses *Carnets* le plan d'une pièce intitulée *Caligula ou le sens de la mort.* Elle doit s'achever par un monologue de l'Empereur : « Non, Caligula n'est pas mort. Il est là, et là. Il est en chacun de nous. [...] Adieu, je rentre dans l'histoire où me tiennent enfermé ceux qui craignent de trop aimer. » Cet « adieu » se lira comme un adieu à la vie et un défi au genre humain. Camus réserve le projet pour son théâtre amateur de l'Équipe, en s'y attribuant naturellement le rôle principal. Il ne l'interprétera jamais, mais sa pièce, jusqu'aux derniers mois de son existence, il ne la lâchera plus.

En janvier 1938, il ne la trouve pas encore « mûre ». Dix-huit mois plus tard, il écrit à Christiane Galindo : « Je viens de terminer *Caligula* à la minute », ajoutant qu'il va y « retravailler ». « Avec mon roman et mon essai sur l'Absurde, [*Caligula*] constitue le premier stade de ce que maintenant je n'ai pas peur d'appeler mon œuvre. » Le roman s'appelle *L'Étranger* ; l'essai, *Le Mythe de Sisyphe,* qui débutera par cette phrase : « Il n'y a qu'un problème philosophique vraiment sérieux : c'est le suicide. » Cette trilogie va illustrer ce qu'il appelle sa « pensée de l'Absurde ». À un premier dactylogramme de *Caligula* (septembre 1939) en succède un second (février 1941). Le plan de janvier 1937 y est sensiblement modifié. Camus a déplacé avant le lever du rideau la mort de Drusilla, sœur et maîtresse de Caligula, il a ajouté un acte où l'Empereur exprime son pouvoir d'autodérision en paradant en costume de Vénus, il lui a prêté d'après Suétone une quête de la lune qui symbolise son aspiration vers l'impossible, et il a inventé le personnage d'Hélicon qui, en dévoilant à son maître le complot qui se trame contre lui, change son assassinat en une forme de suicide.

Cette version dite de 1941[2] a eu des lecteurs de choix. Si Jean Paulhan, selon son expression favorite, la juge « épatante », Jean Grenier n'en aime pas beaucoup le « côté *Lorenzaccio* » et reproche à Camus son obsession des seins féminins, André Malraux regrette lui aussi les aspects « romantiques » de la pièce, Pascal Pia redoute que le thème n'en soit clair que pour ceux qui auront lu *L'Étranger*... Est-ce pour répondre à ces réticences ou par égard pour la France occupée que Camus se remet aussitôt

1. Jean Grenier, *Albert Camus. Souvenirs*, Gallimard, 1968, p. 59.

2. Jouée pour la première fois, semble-t-il, dans une mise en scène de Maurizio Scaparro le 23 novembre 1943 au Teatro Argentina de Rome, elle a été publiée dans les *Cahiers Albert Camus*, 4 (édition de A. James Arnold), Gallimard, 1984, et en appendice de la version de 1944 dans les *Œuvres complètes* de Camus (édition de P.-L. Rey), Bibliothèque de la Pléiade, Gallimard, t. I (sous la direction de Jacqueline Lévi-Valensi), 2006.

Affiche de Marie Viton pour *Caligula*, créé à Paris au Théâtre Hébertot en 1945. © Roger-Viollet

au travail ? Le 15 mars 1941, il note dans ses *Carnets* : « L'Absurde et le Pouvoir – à creuser (cf. Hitler). » À creuser dans sa pièce ? Conscient dès avant 1939 de la folie du Führer, peut-être souhaite-t-il lui donner une plus forte résonance. « Ange noir » dont le désir d'absolu était dévoyé par des méthodes indignes, Caligula illustrait l'axiome camusien selon lequel la fin ne légitime jamais les moyens. Mais s'il préfigure, aux yeux du spectateur, celui qui incarne le Mal absolu, est-il tolérable qu'on le crédite encore d'une forme d'idéal ? On doute, de toute façon, que la censure de l'occupant eût toléré la représentation de la pièce.

Les motivations philosophiques et dramatiques des remaniements effectués par Camus se démêlent mal du contexte historique. En 1942, il écrit sous le titre « Nietzsche et le nihilisme » un texte qui prendra place dans *L'Homme révolté* (1951). De l'œuvre de Nietzsche, qui offrait selon *Le Mythe de Sisyphe* la meilleure réponse à l'absurdité du monde, il retient ici la divinisation de l'homme et l'exaltation du mal, qui conduisent au désespoir. L'évolution de la pensée de Camus doit assurément à l'emprise du nazisme, comme elle devra ensuite à l'impérialisme soviétique. Il est logique, en somme, que chez Caligula la noirceur l'emporte sur l'aspect angélique. À Cherea, personnage tiré de Suétone, Camus prête des formules qui modèlent une figure de « résistant ». Il supprime, dans la bouche de Caligula, la plupart des occurrences du mot « liberté » : un monstre peut-il la revendiquer à une époque où d'autres meurent pour sa défense ? En introduisant à plusieurs reprises le mot « tyran », il accentue autrement le caractère politique de la pièce. Deux monologues de Caligula disparaissent de l'acte I (scènes 4 et 11) : l'empereur témoignait dans le premier de sa souffrance, de sa lucidité et de son exigence ; dans le second, il invoquait, dans une sorte d'hypnose, la présence de Drusilla. Par ces suppressions, Camus évite que l'Empereur ne suscite la compassion du spectateur, mais il répond aussi aux objections de Jean Grenier ou de

Malraux qui reprochaient à sa pièce ses aspects romantiques. À l'acte II, Caligula amadoue encore Jean Grenier en ne tenant plus dans sa main le sein de la femme de Mucius, et il s'abstient, quand il la rend à son époux, de commenter la faiblesse de ses reins. La tirade finale de Caligula est enfin retouchée d'une manière peu heureuse : en lui faisant dire « Mais tuer n'est pas la solution » et « Ma liberté n'est pas la bonne », Camus attribue à son héros un repentir qui amoindrit sa ressemblance, souvent remarquée, avec la figure de Don Juan. Imagine-t-on que celui-ci reconnaisse ses torts lorsqu'il se trouve au bord de l'Enfer ?

Quand, seize mois après sa publication en volume, la pièce est enfin créée le 26 septembre 1945, au Théâtre Hébertot, dans une mise en scène de Paul Œttly, la critique ne songe guère à la rapprocher de l'actualité toute récente, comme si on ne pouvait assimiler à ce psychopathe d'un autre âge celui qui vient d'ébranler l'ordre du monde. Les patriciens éveillent des souvenirs plus précis quand ils invoquent, à l'acte II, le travail, la famille et la patrie (la version de 1941 s'était contentée de la famille). Ils nous rappellent que les dictatures s'édifient sur la veulerie de ceux qui la servent, au point que, si on communie encore avec Caligula, c'est moins dans son désir personnel d'attraper la lune que dans son mépris pour ceux qui n'en ont nulle idée. La personnalité de Camus, courageux éditorialiste de *Combat*, contribue au succès public de la pièce. La critique est moins enthousiaste : elle recherche trop souvent derrière les réussites dramatiques du spectacle la philosophie de l'absurde analysée trois ans plus tôt dans *Le Mythe de Sisyphe*. Camus devient un auteur du « théâtre d'idées » ; l'étiquette ne le quittera plus. L'unanimité se fait au moins sur l'interprète du rôle principal, le jeune Gérard Philipe, qui commence ainsi la carrière que l'on sait.

*Caligula* fut, du vivant de Camus, sa pièce le plus fréquemment représentée. Chaque reprise ou presque lui fournit l'occasion, non seulement d'intervenir dans sa mise en scène et ses décors, mais aussi de la retoucher. La modification la plus importante est le meurtre d'Hélicon, imaginé à l'occasion du Festival de plein air d'Angers de 1957 : « Garde-toi, Caïus ! », lance Hélicon à son empereur, avant de tomber lui-même sous les coups d'un conjuré. En 1958, en vue d'une représentation donnée au Nouveau Théâtre de Paris, Camus accentue de quelques traits la caricature des patriciens, sans les intégrer à l'édition de 1958, qui fait aujourd'hui référence. On peut mettre au crédit de sa vocation théâtrale cette dissociation du texte joué, variable selon les lieux et les comédiens, de celui qu'on trouve en librairie.

Redécouvrir la version de 1941 de *Caligula*, c'est aussi ressusciter un moment de l'évolution de Camus, celui du cycle de l'Absurde avant qu'ait été clairement définie la Révolte, et se rapprocher un peu du jeune directeur de troupe qui se rêvait encore dans le rôle de l'empereur.

**P.-L. R.**

# La fabrication d'un monstre

## par Stéphane Olivié Bisson

**Il est dans l'histoire quantité de monstres qu'on a fabriqués par nécessité. Caligula, dont nous sont parvenus si peu de fragments avérés, pourrait bien être l'un de ceux-là. Le metteur en scène du spectacle, Stéphane Olivié Bisson, revient sur la personnalité d'un personnage éloigné de sa rumeur…**

Buste de l'empereur Caligula (12-41). © D. R.

Les « historiens » antiques comme Suétone, Dion Cassius, Sénèque, Tacite ou Flavius Josèphe – ils étaient bien davantage des chroniqueurs de cour au service d'un prince que des scientifiques au sens moderne – ont considérablement œuvré à noircir une légende déjà bien assombrie par la classe dominante sénatoriale à laquelle ils appartenaient d'ailleurs pour la plupart. Aucun des douze premiers empereurs Julio-claudiens n'échappe d'ailleurs à leur verve vengeresse. Plus tard, au Moyen-Âge ou pendant la Renaissance, d'autres écrivains de cour se sont emparés de cette légende, ont noirci encore davantage les règnes de ces empereurs païens afin de mieux justifier ou minorer les outrances et les errements sanglants des rois chrétiens. Jusqu'à aujourd'hui, où l'on a pris l'habitude d'associer paresseusement Caligula aux grands tyrans du XXe siècle, alors que ce prince romain n'a prôné aucune idéologie génocidaire ni le moindre projet d'homme supérieur.

Au fil des époques, Caligula s'est affirmé malgré lui comme un épouvantail fort utile à toutes sortes de catégories de puissants. Ceux-ci auront d'ailleurs largement contribué à faire infuser son mythe vénéneux dans l'inconscient collectif. Alors qui était le Caligula historique ? Ou plutôt, que pouvons-nous en dire à la lumière des rares éclats de sa trajectoire fulgurante qui ont pu nous parvenir ?

Né à Antium le 31 août 12 après J.-C., Caligula était le fils de Germanicus, sorte de général Phébus à qui tous promettaient l'Empire, et d'Agrippine, la future grand-mère de Néron. Il est par ailleurs petit-neveu d'Auguste et de Tibère et arrière-arrière-petit-neveu de Jules César. Caligula n'était pas le fils aîné… Il avait été précédé par un autre Caïus, un frère, né en 11 et mort en 12, dont on lui transféra le prénom. Caligula souffrit sûrement, dès ses premières années, de l'idéologie aristocratique qui imposait aux fils d'égaler les pères.

D'abord, sa petite enfance se passa dans les camps militaires dirigés par son père. Caïus avait reçu un uniforme de légionnaire, taillé pour son âge, et défilait joyeusement chaque jour au milieu des soldats. Il jouissait parmi eux d'une extraordinaire popularité et ceux-ci appelèrent familièrement leur mascotte du nom d'une de ces « petites bottines » militaires qu'il ne quittait plus : « Caligula ».

L'éducation de Caligula fut bouleversée par la perte prématurée de son père Germanicus, probablement empoisonné sur ordre de Tibère et des persécutions que subit sa famille. Après la relégation de sa mère par l'Empereur, le jeune Caïus vécut chez sa grand-mère Antonia jusqu'à l'âge de dix-neuf ans puis fut contraint pour survivre d'accepter la protection de l'assassin de son père et du responsable de l'exil de sa mère : l'Empereur lui-même. Caligula vécut ainsi cinq années dans l'entourage de Tibère à Capri sous l'œil sévère et soupçonneux de son aïeul. Plutôt que de s'attarder sur ses excentricités d'alors, qui étaient celles de la jeunesse dorée de l'époque, on retiendra son incapacité à trouver le sommeil. Un trouble qui ne le quitta pas tout au long de sa vie.

Caligula apparaît alors comme une ombre indécise se tenant soigneusement à l'écart d'une mêlée qui ne charriait que des cadavres : son père assassiné alors qu'il n'avait que sept ans, sa mère reléguée, humiliée, persécutée et livrée aux fantaisies des soldats de Tibère. Ses frères assassinés l'un après l'autre, voilà le bain d'enfance dans lequel il a tenté de s'élever.

En 37, à la mort de Tibère fêtée par le peuple comme une libération, Caligula ne prit pas, à proprement parler, le pouvoir, mais le sénat le lui remit. Confortés par l'enthousiasme du peuple qui souhaitait tant voir le père dans le fils, les sénateurs trop ravis de son inexpérience ne pouvaient que rêver au champ politique que cela leur laisserait.

L'ardeur avec laquelle Caligula entreprit de mener sa tâche surprit. En quatre ans, il ne s'offrit aucun répit. Réformes constitutionnelles, réformes financières, grands travaux. Il renoua aussi avec une politique de conquête militaire abandonnée depuis plus de trente ans.

Cependant, l'attitude démagogique de Caligula impliquait une rupture radicale avec la mentalité traditionnelle qui animait l'aristocratie dont jusqu'ici les empereurs avaient ménagé la susceptibilité. Il fut un conquérant du réel qui se jeta dans l'action à corps perdu. Enthousiaste, généreux, orgueilleux : il eut sans doute le cœur trop grand pour la largeur de ses épaules. Il affronta crânement des problèmes épineux, des abcès qu'il ne faut surtout pas crever aux yeux des politiques. Son intelligence

De gauche à droite : Maxime Mikolajczak et Bruno Putzulu. © Maria-Letizia Piantoni

était à la fois aiguë et dispersée et ses propos souvent sans fard, mais ce qui transpirait le plus spontanément, c'était son cruel manque de confiance en lui.

Le comportement de Caligula qui prêta le plus à des interprétations tendancieuses, ce fut sa passion mal rentrée pour le théâtre. Son rang d'empereur lui interdisant de monter franchement sur les planches, il imita Auguste qui, dans sa jeunesse, à l'occasion de banquets, se déguisait en Apollon.

La première année, adulé de tous et probablement bien conseillé, il s'improvisa en prince idéal. En 38, Caligula retira au sénat le droit de choisir les magistrats pour rendre cette prérogative au peuple, ce qui lui aliéna toute la classe aristocratique. S'il fut, à l'exemple de tous les empereurs romains, un autocrate, son pouvoir s'exerça néanmoins dans un cadre institutionnel, celui d'une fausse république imposée par Auguste.

La troisième année, en 39, l'argent se fit plus rare dans les coffres et Caligula créa de nouveaux impôts fort impopulaires tout en menant une exubérante politique de spectacles. Les premières résistances vinrent évidemment des rangs des sénateurs qui multiplièrent les complots pour l'éliminer.

Caligula fut avant tout homme d'action et de décision, il ne s'embarrassa d'aucune précaution et foula au pied les convenances, et son humour, très noir devint un moyen de gouvernement. Il n'entendit partager le pouvoir avec personne et le fit savoir avec arrogance. Ayant la parole abondante et facile, il fut un orateur de première classe. Il savait répondre à l'impromptu aux discours que d'autres avaient longuement préparés.

Caligula avait peut-être des idées très personnelles sur la nature du pouvoir mais il avait d'abord des comptes à régler. Il n'avait pas pardonné aux sénateurs la persécution de sa famille, la mort de sa mère et de ses frères. Il vengea trois ans durant vingt années d'humiliation, de deuil et d'angoisse.

En cet été 40, à quelques mois de la fin de son règne, il était heureux de vivre, comblé par sa toute fraîche paternité et pensait avoir le temps pour lui. Si Caligula fut responsable de l'exécution de sénateurs et de chevaliers ayant tenté de le renverser, la plupart de ses victimes connurent des procès en règle.

C'est naturellement un complot sénatorial qui coûta la vie à Caligula le 24 janvier 41. Il avait vingt-neuf ans. Caligula aura régné trois ans neuf mois et vingt-huit jours. Il fut ce tyran déchiré qui frappa presque toujours sous la menace en réponse aux multiples complots initiés par l'aristocratie et qui, en voulant favoriser la plèbe et en tirant le principat vers une monarchie à l'orientale, heurta de front les intérêts d'une caste dont il fut la première victime.

Après l'attentat, son cadavre, transporté en secret dans les jardins de Lamia, y fut brûlé à demi sur un bûcher de fortune. Après lui, nulle restauration de la république par les sénateurs mais le choix de Claude, l'oncle de Caligula, jusqu'alors considéré comme un parfait attardé mental et qui se révélera pourtant un excellent administrateur.

Anarchiste couronné ou despote dilettante, Caligula est d'abord mû par une passion et non par une idéologie. J'ai toujours aimé la phrase de Jules Roy à propos du Caligula vu par Camus : « Un Caligula déchiré et déchirant ! »

Camus, à travers Caligula, a réussi à peindre le portrait d'une figure refusant les brides imposées par la société, à la manière d'une enfance égarée et monstrueuse parce que trop prolongée. Sa révolte constitue une des étapes de l'évolution de l'enfance à l'âge adulte, généralement neutralisée par la pression sociale et qui fait entrer de force l'individu dans le rang au nom du principe de réalité. Par son charme et ses questions, il est devenu un modèle de jeunesse à laquelle le pouvoir donna la liberté de s'attaquer à un monde hypocrite et sclérosé pour en dénoncer les mensonges, dans une soif d'absolu, avant d'en être la victime dans une mort provoquée et consentie.

Caligula m'apparaît comme l'histoire de la plus humaine et de la plus tragique des erreurs, mettant l'accent sur une sorte de Christ noir enfanté par l'absence d'amour. Présenter la thèse de la folie de Caligula ou son antithèse n'a aucun sens puisque le dossier historique ne permet pas de trancher. Ce qui habite Caligula, c'est l'angoisse de vivre sans réussir à apprivoiser les lois qui pèsent sur nos vies et sans connaître le mot de la fin. Toutes ses fautes, il les commet par excès d'impatience et par nécessité d'apprivoiser son destin et c'est pour cela que son échec nous ressemble.

À propos de la banalité du mal, Hannah Arendt écrivait : « N'importe quel homme sans pour autant être un monstre exceptionnel a une capacité immense de faire le mal. »

**S. O. B.**

# Entretien avec Marc Lesage

## Directeur de L'Avant-Seine / Théâtre de Colombes

© D. R.

**L'avant-scène théâtre : Vous vous apprêtez à rejoindre l'équipe du Théâtre des Célestins à Lyon aux côtés de Claudia Stavisky. Quel bilan tirez-vous de vos années passées au théâtre de Colombes ?**

**Marc Lesage :** Nous avons apporté la preuve qu'un théâtre de ville n'est pas seulement un lieu de diffusion, mais aussi de création et de production. Même si cela a été difficile à mettre en place, nous sommes fiers d'avoir pu réaliser cinquante coproductions en neuf ans. Nous avons aussi veillé à amplifier l'action culturelle du théâtre sur le territoire municipal, que ce soit avec les milieux scolaires ou associatifs. Nous avons par exemple mis en place une formule d'abonnement pour les familles les plus défavorisées (quatre euros pour quatre spectacles). Cela a permis au théâtre d'accueillir un public local et de le fidéliser. Nous avons tout fait pour être présents dans la ville dans toute sa diversité, ce qui est un trait essentiel de Colombes. L'Avant-Seine est ainsi peu à peu devenu un lieu fédérateur permettant de mélanger tous les publics, et cela se traduit aussi en termes de programmation : elle est éclectique et ne fait aucune ségrégation entre les genres et le mode de financement des spectacles.

**AST : Votre engagement comme coproducteur sur la création de cette nouvelle mise en scène de *Caligula* a été particulièrement important.**

**M. L. :** Cette aventure était en effet assez périlleuse pour nous, car nous n'avons pas les moyens de production des centres dramatiques nationaux ou des scènes nationales. Nous avons parié sur les ventes du spectacle, ce qui est toujours risqué. Stéphane Olivié Bisson, le metteur en scène, et Prima Donna se sont beaucoup impliqués dans cet effort. Les comédiens ont accepté des sacrifices importants pour que le projet voie le jour… C'est l'addition de toutes ces énergies et de toutes ces bonnes volontés qui a rendu possible ce projet.

**AST : D'un point de vue artistique, par quoi avez-vous été séduit ?**

**M. L. :** Dès la lecture, j'ai été enthousiasmé par cette version primitive de *Caligula*, dont je ne connaissais que le texte plus tardif. Ce texte apporte un regard très neuf sur le personnage. J'aime le trouble et l'ambiguïté qui se dégagent de cette version. Il me semble qu'il y a une profonde cohérence ici entre l'écriture et le projet de mise en scène tel qu'il nous a été présenté. Et Bruno Putzulu, qui incarne Caligula avec une inventivité exceptionnelle, donne à ce personnage une âme que l'on ne soupçonnait peut-être pas.

**Propos recueillis par Olivier Celik**

# Prima donna

administration, production, diffusion

## Créations 2010-2011-2012

L'ensemble des créations et reprises diffusées par Prima donna est consultable sur www.prima-donna.fr

---

**Roméo et Juliette** de Shakespeare, mise en scène de Magali Léris

La nouvelle traduction de Blandine Pélissier est courte, nerveuse, pleine de vie. Cette histoire d'amours adolescentes et de rivalités claniques se déroule en quatre jours, c'est dire l'impatience et la fièvre qui habitent l'ensemble des personnages… comme bien des jeunes gens d'aujourd'hui qui vivent des passions violemment contrariées, à cause de leurs familles, de leurs peuples ennemis, et de leur difficulté à vivre la réalité.

*Du 3 au 30 janvier 2011 Théâtre Antoine Vitez/Théâtre des Quartiers d'Ivry, les 4 et 5 mars Alfortville, 8 mars Cachan*

**Caligula** d'Albert Camus, mise en scène de Stéphane Olivié Bisson, avec Bruno Putzulu

Les hommes meurent et ne sont pas heureux… Cette vérité s'impose à Caligula à la mort de Drusilla, sa sœur et sa maîtresse. Dès lors, il tente d'exercer, par le meurtre et la perversion, une liberté dont il découvrira pour finir qu'elle n'est pas la bonne…

*13 janvier 2011 Bagneux, 15 janvier Taverny, du 20 janvier au 5 février Athénée Théâtre Louis-Jouvet Paris, du 8 au 11 février Comédie de Picardie Amiens, 15 février Abbeville, 17 février Pont-Audemer, 8 mars Herblay, du 23 au 26 mars Théâtre National de Nice , 7 avril Cachan, les 28 et 29 avril Saint-Germain-en-Laye*

**Le Malade Imaginaire** de Molière, mise en scène d'Alain Gautré

Auteur, metteur en scène, spécialiste de l'art du clown, Alain Gautré signe ici le troisième volet d'un tryptique consacré à Molière, après *L'Avare* et *George Dandin*. Le jeu clownesque est poussé à l'extrême, les intermèdes musicaux balayent tous les genres, du rap à la revue orientale, avec au final, les ovations d'un public conquis…

*20 janvier 2011 Coulommiers, 28 janvier Wissous, 10 février Rungis, 10 mai Les Ulis*

**Encor** chorégraphie de Catherine Diverrès

Créée à La Biennale de la Danse 2010, cette pièce d'une grande intensité se déploie entre passé et avenir, la chorégraphie y devient une histoire de temps. D'un côté, les débordements de la fête, images baroques agencées en un véritable défilé, avec jeux de masques et bouffonneries. À l'opposé, l'espace vide, libre, à investir, habité d'une lumière magistrale, parcouru par les cinq danseurs…

*27 janvier 2011 Dijon, 17 février Limoges, 7 avril Charleroi Danse Belgique*

**Vineta : la République des Utopies** de Moritz Rinke, mise en scène de Lisa Wurmser

Auteur consacré en Allemagne, Moritz Rinke a écrit une œuvre visionnaire, tout à la fois fable contemporaine sur le monde du travail, miroir satirique de la société des loisirs et procès tragi-comique des utopies. Les neuf acteurs manient la dérision à la manière des Monty Python, soutenus par une mise en scène « multimédia ».

*Les 27 et 28 janvier 2011 Centre des Bords de Marne du Perreux, 1er février Le Sémaphore Cébazat, du 28 avril au 29 mai Théâtre de la Tempête Paris*

**Le Jeu de l'île** de Marivaux, mise en scène de Gilberte Tsaï

*L'Île des esclaves, La Colonie pénitentiaire, L'Île de la raison*

Marivaux expérimente sur l'âme humaine en plaçant ses personnages dans des situations paradoxales puis en

décrivant délicieusement leurs réactions. C'est le point commun de ces trois pièces qui se déroulent sur une île, à l'abri du reste de la société et qui ravivent l'une des plus vieilles questions politiques : comment vivre ensemble ? Le spectacle est le fruit du travail au long cours mené par Gilberte Tsaï auprès d'une troupe de jeunes comédiens.
*Du 3 au 10 février et du 28 février au 15 mars 2011 Nouveau Théâtre de Montreuil, du 16 au 23 février Nouveau Théâtre d'Angers*

**L'Art d'être grand-père** de Victor Hugo, mise en scène de Vincent Colin, avec Albert Delpy
Dans le dernier de ses grands ouvrages poétiques (1877), Victor Hugo raconte la formidable aventure de sa complicité avec Georges et Jeanne. Vingt-cinq ans plus tard, Georges lui répondra en relatant ses propres souvenirs. Vincent Colin propose une mise en regard de ces deux textes, fresque poétique d'un côté, anecdotes du quotidien de l'autre.
*Du 1er au 6 mars 2011 Centre des Bords de Marne du Perreux, du 9 mars au 7 mai Théâtre du Lucernaire Paris*

**Klaxon, trompettes… et pétarades** de Dario Fo, mise en scène de Marc Prin
Qu'est-ce qui distingue un patron d'un ouvrier si, par un hasard de circonstances rocambolesques, ceux-ci se retrouvent avec le même visage ? C'est le sort que Dario Fo inflige dans sa pièce à Giovanni Agnelli, patron de la Fiat, et à l'un de ses ouvriers… Situation prétexte à une série de quiproquos, familiaux et politiques, dans un contexte d'attentats et de prise d'otages… Marc Prin revisite avec drôlerie et férocité le concept de « lutte des classes ».
*Les 26 et 27 mai 2011 Centre Culturel Jouy-le-Moutier*

**La Folie Sganarelle** de Molière, mise en scène de Claude Buchvald
*L'Amour médecin, La Jalousie du barbouillé, Le Mariage forcé*
Il est truculent et physique, le théâtre de Claude Buchvald, que celle-ci s'empare du verbe « novarinien », de la poésie shakespearienne ou du théâtre de tréteaux. Ces trois farces de Molière présentent un Sganarelle désorienté, piégé par ses obsessions (qui sont aussi celles de Molière), raillé, humilié, qui finit par perdre la raison.
*Création Théâtre de la Tempête Paris, du 18 novembre au 11 décembre 2011*

**La Paix** d'Aristophane, mise en scène de Vincent Colin avec Landyvolafotsy (Madagascar)
Avec *La Paix*, Aristophane tentait de sensibiliser ses contemporains à la nécessité de mettre fin à la funeste guerre du Péloponèse sur les bords de la Méditerranée… Une question d'actualité à l'ordre du jour de cette comédie politique et musicale ! Vincent Colin retrouve la troupe malgache de comédiens-paysans avec laquelle il vient de monter *Mille francs de récompense*.
*Création décembre 2011, île de la Réunion*

**La Conversation de Bolzano** de Sándor Márai, mise en scène de Jean-Louis Thamin
*Avec Jean-Marie Galey, Teresa Ovidio, Hervé Van der Meulen*
Jean-Marie Galey et Jean-Louis Thamin signent une adaptation du splendide roman de Sándor Márai, grand succès de la Hongrie des années 1940, inspirée d'un épisode de la vie de Casanova.
*Création 2011*

**Bérénice/Opéra** d'après Racine, mise en scène de Martin Matalon et Gerold Schumann
Gerold Schumann et le compositeur argentin Martin Matalon proposent un opéra inédit à partir de la tragédie de Racine avec le prestigieux Quatuor Diotima et quatre jeunes talents du chant lyrique.
*Création printemps 2012*

**In Vivo** de l'association Le Rire médecin, mise en scène de Patrick Dordoigne
Les clowns du Rire médecin relatent leur expérience aux côtés des enfants malades, de leurs familles et des personnels soignants. Ils témoignent des moments rares avec le mode d'expression qui leur est le plus familier, le théâtre. Plusieurs étapes de travail sont ouvertes aux professionnels intéressés par la démarche.
*Création automne 2012*

# L'actualité

## La vogue du théâtre historique

*Henri IV le bien aimé*, mise en scène de Daniel Colas, avec Jean-François Balmer et Béatrice Agenin. Théâtre des Mathurins, 2010.
© Bernard Richebé

## La vogue du théâtre historique

# Les grands fantômes du temps passé

par Gilles Costaz

**Le *Henri IV* de Daniel Colas, interprété par Jean-François Balmer, rappelle à quel point l'on se passionne, du côté du public, pour le théâtre historique et ses personnages faisant partie du patrimoine national et de l'imagerie populaire.**

CETTE SAISON SERA celle du renouveau du théâtre historique. Au mois de novembre, *Henri IV le bien aimé* de Daniel Colas donnait un nouvel éclat au genre et s'annonce comme l'un des succès de l'année. Mais d'autres pièces ont exprimé ou vont exprimer ce souci d'explorer le passé par le langage dramatique. L'un des sujets les plus forts a été abordé, en septembre, au Théâtre national de Nice, par Daniel Benoin et ses acteurs, Olivier Sitruk, Fanny Valette, et surtout par le fameux auteur suédois Henning Mankell qui, dans *Des nuits et des jours à Chartres*, braque le projecteur sur l'épuration en France en 1944. S'inspirant de la photographie de Robert Capa représentant une tondue dans les rues de Chartres, le romancier reconstitue la vie de la femme punie pour sa liaison avec un soldat allemand et décrit le travail et les interrogations du photographe américain. Ce style de récit scénique souffre un peu d'une volonté de décrire à grands traits mais il porte avec lui la puissance de son thème.

C'est à l'histoire d'un peintre lointain qu'est consacrée l'une des autres œuvres historiques créées à l'automne (celle-ci toujours à l'affiche) : *Moi, Caravage* écrit d'après Dominique Fernandez et joué par l'acteur italien Cesare Capitani. Là, l'auteur joue à se mettre à la place de son héros et à livrer des confessions imaginaires. Le destin du Caravage vaut bien une pièce : ses dons exceptionnels le propulsent de la renommée à la misère. Tout le chemin de la lumière dans une évocation en clair-obscur !

Ensuite, c'est encore l'histoire éloignée, celle de la Renaissance, qui s'impose avec *Henri IV le bien aimé* de Daniel Colas qui n'hésite pas à écrire une œuvre pour dix-huit comédiens ! Le propos est d'aller au-delà de la légende du roi galant et de dessiner tout le contexte politique qui prépare la mort de cet apôtre de la tolérance : au lieu d'une vie voluptueuse, c'est une existence d'angoisse et de persécution qui nous est contée, dans un long flash-back. Au-delà de la réussite d'un spectacle toujours attaché à l'atmosphère

Martine Midoux et Cesare Capitani dans *Moi, Caravage* de Cesare Capitani. © Philippe Bruchot

et au détail, cet Henri IV nous rappelle combien les grands rôles historiques sont de passionnants matériaux pour les grands acteurs. Il y a là Béatrice Agenin, magistrale épouse du roi, et Jean-François Balmer qui trouve étonnamment la double personnalité du monarque : son goût du pouvoir et sa part d'enfance qui est autant faiblesse que noblesse.

Début 2011, les nouvelles pièces donnant chair aux fantômes du passé seront tournées vers le XX^e^ siècle. Il y aura *Diplomatie* de Cyril Gely (L'avant-scène théâtre, collection des Quatre-Vents), qui imagine la rencontre de l'Allemand von Choltitz et du Suédois Raoul Norling en 1944 : faut-il exécuter l'ordre hitlérien de détruire Paris ? Niels Arestrup et André Dussollier incarneront les deux personnalités dans une mise en scène de Stephan Meldegg. Ailleurs, on renouera avec la figure de Che Guevara dans *Le Crépuscule du Che*, mis en scène par Gérard Gelas. L'auteur argentin José Pablo Feinmann imagine, lui, l'entretien qu'auraient pu avoir le révolutionnaire et son biographe en 1967, quelques instants avant l'exécution du guérillero. Ce spectacle a déjà été présenté au Chêne noir d'Avignon. Le face à face est fort et jamais sommaire, joué par deux grands interprètes : Olivier Sitruk et Jacques Frantz. À noter aussi, pour son inspiration imprévue, *Si Hemingway avait rencontré Coco Chanel* d'Alain Houpillart.

Enfin, l'histoire du cinéma sera aussi à l'affiche à travers *Hitch* d'Alain Riou et Stéphane Boulan, une variation fantaisiste sur la rencontre réelle entre Hitchcock et Truffaut, pour lesquels Sébastien Graal a réuni Joe Sheridan et Mathieu Bisson. L'histoire de l'art passionne autant que l'histoire politique.

**G. C.**

*Moi, Caravage*, Théâtre du Lucernaire
Du 8 décembre 2010 au 29 janvier 2011
(tél. : 01 45 44 57 34)

*Henri IV le bien aimé*, Théâtre des Mathurins
Première le 26 octobre 2010
(tél. : 01 42 65 90 00)

*Diplomatie*, Théâtre de la Madeleine
À partir du 15 janvier 2011
(tél. : 01 43 29 39 90)

*Le Crépuscule du Che*, Petit-Montparnasse
À partir du 20 janvier 2011
(tél. : 01 43 22 77 74)

*Si Hemingway avait remplacé Coco Chanel*
Théâtre le Petit Hébertot
(tél. : 01 42 93 13 04)

*Hitch*, Théâtre du Lucernaire
Du 12 janvier au 20 février 2011
(tél. : 01 45 44 57 34)

# Gens

## Claude Guerre, directeur de la Maison de la Poésie

# Un combat poétique

par Stéphanie Tesson

**Dirigée par Claude Guerre depuis 2007, la Maison de la Poésie, à Paris, se veut un lieu d'accueil pour la poésie, érigée en art de comprendre le monde.**

Claude Guerre. © Béatrice Logeais/Maison de la Poésie

LA POÉSIE A SA MAISON, depuis 1983, sur une initiative de Jacques Chirac, qui en proposa d'abord la direction à deux poètes emblèmes de la Résistance, Pierre Seghers et Pierre Emmanuel. L'acteur Michel de Maulne leur succéda et inaugura en 1995 l'actuel bâtiment, à deux pas de Beaubourg, sur les fondations de l'ancien Théâtre Molière. Ce théâtre au destin rocambolesque donna son nom au ravissant passage au milieu duquel il ouvrit ses portes à la Révolution, sur l'emplacement d'un Bureau des Nourrices. L'histoire d'un lieu imprègne ses murs ; ceux de l'actuelle Maison de la Poésie sont habités de voix et de mots qui s'y croisent librement depuis des siècles, voyageant des voûtes minérales de la cave à la coupole du toit, en passant par les volumes alvéolés de la grande salle et les espaces géométriques du hall.

Claude Guerre, qui en a repris les rennes il y a trois ans, ne s'y est pas trompé en faisant de l'oralité son cheval de bataille. « La poésie est une arme de l'existence humaine, c'est pourquoi elle se doit d'être ancrée dans son actualité, pour ne pas devenir simple affaire culturelle ». La stratégie de ce meneur d'hommes, manieur de textes (qui a mis en ondes des milliers d'œuvres radiophoniques, quinze ans durant, à France Culture), consiste à « donner ici un outil d'expression et d'écoute pour faire miroir avec l'époque ». Il milite pour la poésie « en tant qu'art de vivre et de penser, seul moyen de comprendre le monde, là où la politique a échoué ». C'est pour mener à bien son combat – il y a dans certains noms une prédestination curieuse ! – que Claude Guerre multiplie les projets collectifs, initiatiques et hors les murs. Signalons qu'il fut formé à l'école d'André Benedetto, un autre soldat de l'art engagé. Souvenons-nous aussi que depuis toujours la poésie accompagne les grandes causes, les poètes faisant souvent les frais de cette nécessité de penser et de dire à contretemps et à contre-courant...

S'il est à la recherche du « Rimbaud d'aujourd'hui » et explique ainsi son besoin de privilégier les écritures vivantes, sans renier les anciennes, Claude Guerre ouvre le champ de la libre parole à une pléthore d'artistes venus d'horizons divers. Que ce soit sous forme de spectacles – où Novarina côtoie Tsvetaeva et Allan Poe le poète congolais Tchicaya U Tam'si – ou de performances réservées aux voix féminines – « les femmes, longtemps cantonnées au rôle de muses, ont la moitié du monde à raconter ! » – de conférences sur le thème de « la figure d'humanité », de rencontres avec quelques-uns des cinq cents éditeurs de poésie, baptisées « la République des Poètes », de soirées insolites ou d'événements phares (hommage à Pierre Seghers, joute poétique entre Stéphane Hessel et André Marcowicz, etc.), cette saison foisonne de créations, d'hommages et de découvertes.

Les deux salles aux jauges variées (180 et 30) affichent souvent complet lors des 550 levers de rideaux (quinze spectacles) annuels. Cette « scène conventionnée de la poésie », dont les subventions ne suffisent pas à rassasier l'appétit créatif, alterne les productions maison au financement prudent et les accueils de rares spectacles poétiques extérieurs, en se faisant un « devoir de réussite ». « La constance dans la qualité » : telle est sa devise !

Claude Guerre évoque l'exemple de Jean Vilar, qui s'était « fabriqué un public ». Le groupe ZNYK, composé d'acteurs qu'il envoie dans les écoles pour former les élèves à l'apprentissage de la « poésie par cœur », a pour mission de « faire entrer en poésie les futurs spectateurs, de leur prouver le pouvoir de l'incarnation du verbe, qui passe par l'exigence de la mémorisation ». Lui-même a donné l'exemple l'an passé en disant l'un de ses textes : *Dans le jardin de mon père*. Et cette année, il s'entoure de poètes « d'utilité publique » selon l'expression de l'ardente Laurence Vielle (en résidence dans la Maison), de livres – grâce à l'ouverture d'une librairie, d'œuvres visuelles exposées dans le hall, afin de « mettre le feu à la beauté ». Le combat pour que la poésie vive, pour que l'imagination triomphe de la consommation, pour que les voix des aèdes modernes voyagent... suit son cours, et selon son instigateur : « On est en train d'y arriver ! » Parole de prophète ?

**S. T.**

Maison de la Poésie
Passage Molière,
157, rue Saint-Martin,
75003 Paris
Tél. : 01 44 54 53 00
www.maisondelapoesieparis.com

# Enquête

## Les titres de pièces

# Tout est dans le titre

par Rodolphe Fouano

**Même si Federico Garcia Lorca a écrit une *Comédie sans titre*, c'est bien souvent par cet élément para-textuel qu'une œuvre dramatique est identifiée. Comment le choisit-on ? Nous avons posé la question à Noëlle Renaude et à Pierre Notte.**

LE TITRE PEUT RÉSUMER ou condenser l'intrigue. *Le Malade imaginaire* de Molière en dit déjà bien long. Tout comme *Six Personnages en quête d'auteur* de Pirandello, *Faut pas payer !* de Dario Fo ou *Je l'ai été trois fois* de Sacha Guitry. Explicatif, illustratif, transparent ou métaphorique, il éclaire sur le sens de l'œuvre, que l'on songe à *En attendant Godot* de Beckett, à *On ne badine pas avec l'amour* de Musset ou aux *Monologues du vagin* d'Eve Ensler. Il peut être suivi d'un sous-titre : *Cinna ou la Clémence d'Auguste* de Corneille. Il renvoie, dans tous les cas, aux usages d'une société et d'une époque, aux codes théâtraux, fût-ce pour les bafouer, en provoquant. C'était déjà le cas avec *La Cantatrice chauve* d'Ionesco, cet « anti-titre » annonçant bien une « anti-pièce » (sans cantatrice !). Le titre est souvent là aussi pour attirer le public, lui donner envie : de Feydeau avec *Mais n'te promène donc pas toute nue* à *Esse (sic) que quelqu'un sait où on peut baiser ce soir ? J'ai répondu au bois* d'Éric Da Silva. Nous aurions pu citer aussi *Ma colocataire est une garce* ou *Voulez-vous faire l'amour avec un Belge ?*

Alors, comment les choisit-on ? Nous avons posé la question à deux auteurs dramatiques contemporains. « Le titre est une plaie, une entorse, une faille de (dans) l'ensemble, par laquelle on voit, on entrevoit, comme on regarde par le trou d'une serrure, par la fêlure du mur, nous a répondu Pierre Notte, amateur de titres décalés. C'est une phrase de la pièce, une écharde, un morceau de phrase, deux mots qui ne vont pas ensemble, mal coupés, mal agencés, mais qui disent : « Regarde par là si cette sorte de faille te tente, viens voir de plus près les outils qui l'ont provoquée. Et cela devient – pour moi : *Froid du métal* ou *C'est Noël tant pis* ou *Par la fenêtre ou pas* ou *Et l'enfant sur le loup* ou *Bidules trucs*. En ce qui me concerne, c'est le contraire d'une clé, car on la comprend une fois la pièce vue, ou lue, comprise, admise : c'est la pièce qui fait entrer dans le titre, et non l'inverse. Ensemble ainsi, ils existent, et il n'est jamais question de séduire, de vendre, d'attirer. Mais seulement de dire : voilà le bris du verre cassé, si le cœur vous en dit de savoir d'où il vient et pourquoi il est dans cet état, c'est par-là juste en dessous. »

« Je déteste avoir à choisir un titre, nous a confié pour sa part Noëlle Renaude. Cette question n'intervient qu'à la toute fin de l'écriture, je suis incapable de me donner un titre, préalable accélérateur de fiction pour certains, et de m'y soumettre. Or il arrive que certaines commandes vous infligent ce pensum, avoir à donner un titre alors que rien encore n'est écrit. Le cas de *Ma Solange*, par exemple, est assez à part. Le texte était en cours, nous devions créer les quatre premières heures au festival d'Avignon, il fallait que je trouve un titre, nous étions à la Chartreuse, et il y avait là Minyana et Azama et d'autres personnes, on s'est mis autour de la table et on a cherché un après-midi durant quel titre pouvait bien correspondre à quelque chose qui ne devait avoir (à l'époque) aucune fin. Finalement, c'est Minyana qui a ouvert le manuscrit et a dit : « Voilà, Ma Solange, comment t'écrire mon désastre, c'est parfait. » J'ai ajouté la dédidace, Alex Roux (qui n'est pas le nom d'un personnage comme on pourrait le croire, mais une dédicace à Christophe Brault, l'acteur, qui est un ex-roux). Il apparaît au bout du compte que ce titre-là dit tout : l'adresse (ma Solange), le comment écrire, ce désastre qu'est l'écriture, et le dédicataire du texte, l'acteur et pas le personnage, la longueur enfin du titre qui renvoie à celle du texte. »

« Les titres, assure Noëlle Renaude, ne sont pas choisis pour leur efficacité vendeuse, leur plasticité poétique, leur obscurité curieuse, mais pour ce qu'ils ont à évoquer. Ils contiennent en somme et le contenu et la forme et le langage et la structure et la durée et la question posée au théâtre. *Madame Ka*, précise-t-elle, est un peu pour moi une erreur, car ça donne à penser que Madame Ka est le personnage central de la pièce, alors qu'elle n'est pas plus qu'un rouage, à l'image des autres apparitions, machines et animaux qui peuplent la pièce. J'ajoute que les pièces à résonnance éponyme, *Rose*, *Blanche Aurore Céleste* ou *Madame Ka* sont celles qui sont les plus sollicitées. *Bon, Saint-Cloud* est une exclamation tronquée qui ne dit rien à celui qui ne l'a pas lu, comme *À tous ceux qui* restera à jamais béant à celui qui n'a pas ouvert le livre. *Topographies* dit clairement quel est l'objet d'un tel texte : la question de l'espace et son traitement typographique. *Promenades* annonce aussi très clairement l'errance au bord des marges et des cadres. Le choix d'un titre est définitif (l'écriture aussi) et doit sonner comme un symptôme voire un manifeste. »

**R. F.**

# La quinzaine d'Armelle Héliot

## Bon pour les enfants ? Excellent pour les parents !

*Le Carnaval des animaux* au Théâtre des Champs-Élysées, 2010. © Alvaro Yanès

Lorsqu'il dirigeait Chaillot, Antoine Vitez disait que l'une de ses plus grandes joies était de voir des bambins dévaler les marches du palais pour aller au spectacle. Il mettait beaucoup de cœur et d'intelligence dans la programmation spécifique « jeune public » et son « élitaire pour tous » s'adressait à ces enfants avec la complicité de grands artistes, la grande dynastie des marionnettistes, comédiens, metteurs en scène.

Nombreux sont les artistes, les responsables d'institutions à maintenir vive cette exigence d'éveil. Olivier Py adapte les contes de Grimm et en tire des textes originaux, signe des mises en scène ou s'appuie sur des esprits sensibles à ces univers. Depuis qu'il est à la tête de l'Odéon, il a présenté de nombreux spectacles qui ravissaient chacun, les petits et les grands. Cette saison, il accueille Joël Pommerat. On connaît l'art particulier qu'il possède pour traduire en images de sourdes émotions. Il s'intéresse depuis longtemps aux contes, aux histoires destinées à la jeunesse mais qui exercent durablement leur ascendant sur nos consciences. **Le Petit Chaperon rouge** et **Pinocchio** que l'on a pu revoir, sont devenus des « classiques » d'une forme belle, impressionnante, très élaborée. Pommerat nourrit ses images d'un travail sur les lumières, mais aussi sur le son. On a déjà souvent donné en exemple le simple bruit de talons hauts dans *Le Petit Chaperon rouge*, talons que l'on entend alors que la comédienne ne fait que marcher sur la pointe des pieds. Il y a là une irruption de cette « inquiétante étrangeté » sur laquelle travaillent et les contes dont il s'inspire et Pommerat lui-même. Dans *Pinocchio*, dont on a vu de très belles versions – Bruno Boëglin avec Wladislaw Znorko – il laisse sourdre la part sociale de l'histoire, la pauvreté de Gepetto.

Au Studio-Théâtre, **Les Habits neufs de l'Empereur** d'après Hans Christian Andersen dans la mise en scène de Jacques Allaire qui a conçu la scénographie avec Dominique Schmitt, est une plongée dans un univers onirique fascinant. Presque pas de paroles : la traduction de Régis Boyer est réduite à une expression minimale. Ici, l'incarnation compte et le personnage de l'Empereur est riche de la présence somnambulique d'Alexandre Pavloff. Michel Favory est un Premier ministre en difficulté face aux aveuglements bizarrement consentis et, pour ses premiers pas avec la troupe, Julie-Marie Parmentier, dans un rôle qui exige une patience de poupée, impressionne tandis que s'amusent les voleurs et menteurs dessinés avec allégresse par Adrien Gamba-Gontard et Félicien Juttner. Dans quelques mois, dans la même salle, on reverra avec délice **Le Loup** de Marcel Aymé, merveilleusement mis en scène par Véronique Vella et interprété notamment par Michel Vuillermoz, Florence Viala, Elsa Lepoivre.

Au Théâtre des Champs-Élysées on se préoccupe également de la jeune classe : des centaines d'enfants ont pu applaudir une version blagueuse et très jolie du **Carnaval des animaux** de Camille Saint-Saëns. C'est d'une variation qu'il s'agit. Corinne et Gilles Benizio, connus de tous sous leur nom de scène, Shirley et Dino, ont composé, avec Pierre-Dominique Burgaud, des saynètes additionnelles, demandé à Albin de la Simone des arrangements pour quatre musiciens et forts du renfort de deux magiciens épatants, Bertrand Crimet et Carmelo Cacciato, ils ont imaginé un spectacle très sympathique dans lequel on n'oublie pas la musique avec François Lasserre, Lorraine Tisserant (qui chante), Marie Gremillard, Vadim Sher. Un régal !

Paradoxalement, **Au plaisir des jouets** d'après Claude Duneton, à Chaillot, ne s'adresse pas franchement aux enfants, en tout cas aux plus petits, mais on le déguste à partir de treize ans. Il y a dans ce spectacle très original une leçon d'histoire. Au commencement il y avait un livre (Hoëbeke, 2005). Avec des images et ces textes si bien ciselés de Claude Duneton qui connaît tout de la langue et de ses fantaisies. Marc Feld, qui a transposé au théâtre la vie de Raymond Depardon, ses souvenirs de *La ferme du Garet* – spectacle d'ailleurs joué par Claude Duneton – s'appuie sur l'imagination de Jean-Marc Stelhé qui, avec Arielle Chanty, a créé une sorte de grotte enchantée, une malle aux jouets en grand format dans laquelle on s'enfonce et dont on ressort une heure trente plus tard ayant appris comment, de la fin du XIXe siècle à nos jours, les jouets ont évolué. Les guerres, les progrès techniques, les changements sociaux sont passés par là. C'est aussi amusant qu'instructif, et dans le rôle du narrateur, Jean Lescot a la douceur et la profondeur idéales tandis qu'un train électrique court au-dessus de nos têtes.

**A. H.**

Notre prochain numéro du 1er février 2011

# Toutou

d'Agnès et Daniel Besse

**1295** - 1er janvier 2011

**1293-1294** - 1er décembre 2010

**1292** - 15 novembre 2010

## Les dernières parutions

**1265** - 1er juin 2009 - 12 €
Numéro spécial
Jean-Michel Ribes
*Par-delà les marronniers*
Sélection d'extraits de pièces

**1266** - 1er juillet 2009 - 12 €
*Oncle Vania*
(Anton Tchékhov
Trad. Arthur Adamov)

**1267** - 1er août 2009 - 12 €
*Parole et guérison*
(Christopher Hampton
Ad. Didier Long)

**1268** - 1er septembre 2009 - 12 €
*Sentiments provisoires*
(Gérald Aubert)

**1269** - 15 septembre 2009 - 12 €
*Vie privée*
(Philip Barry
Ad. Pierre Laville)

**1270** - 1er octobre 2009 - 12 €
*Qui est Monsieur Schmitt ?*
(Sébastien Thiéry)

**1271** - 15 octobre 2009 - 12 €
*La Serva amorosa*
(Carlo Goldoni
Ad. Michael Stampe et
Christophe Lidon)

**1272** - 1er novembre 2009 - 12 €
*Douze hommes en colère*
(Reginald Rose
Ad. Attica Guedj et Stephan
Meldegg)

**1273** - 15 novembre 2009 - 12 €
*Médée*
(Max Rouquette)

**1274** - 1er décembre 2009 - 12 €
*Casimir et Caroline*
(Ödön von Horváth
Trad. François Regnault)

**1275** - 1er janvier 2010 - 12 €
*David & Edward*
(Lionel Goldstein
Trad. Éliane Rosilio)

**1276** - 15 janvier 2010 - 12 €
*Une comédie romantique*
(Gérald Sibleyras)

**1277** - 1er février 2010 - 12 €
*Face au paradis*
(Nathalie Saugeon)

**1278** - 15 février 2010 - 12 €
*Colombe*
(Jean Anouilh)

**1279** - 1er mars 2010 - 12 €
*Les Justes*
(Albert Camus)

**1280** - 15 mars 2010 - 12 €
*La Barbe bleue*
(Jean-Michel Rabeux)
*Mon petit Poucet*
(José Pliya)
(d'après Charles Perrault)

**1281** - 1er avril 2010 - 12 €
*Les Oiseaux* (Aristophane
Ad. Alfredo Arias)

**1282** - 1er mai 2010 - 12 €
*Être acteur*
Festival L'Oise au théâtre

**1283** - 1er juin 2010 - 12 €
*Gens de théâtre*
Festival de la correspondance
de Grignan

**1284-1285** - 1er juillet 2010
15 € (numéro double)
Le Théâtre du Soleil,
notre théâtre

**1286** - 1er août 2010 - 12 €
*Solness, le Constructeur*
(Henrik Ibsen
Trad. Martine Dolléans)

**1287** - 1er septembre 2010 - 12 €
*Le Prénom*
(Matthieu Delaporte
et Alexandre de la Patellière)

**1288** - 15 septembre 2010 - 12 €
*Les Dames du jeudi*
(Loleh Bellon)

**1289** - 1er octobre 2010 - 12 €
*La Parisienne* (Henry Becque)

**1290** - 15 octobre 2010 - 12 €
*Les Amis du placard*
(Gabor Rassov)

**1291** - 1er novembre 2010 - 12 €
*La Mère* (Florian Zeller)

**1292** - 15 novembre 2010 - 12 €
*Klaxon, trompettes… et pétarades*
(Dario Fo
Ad. Marie-France Sidet
et Marc Prin)

**1293-1294** - 1er décembre 2010 -
14 € (numéro double)
Hommage au Théâtre de Poche
Montparnasse

**1295** - 1er janvier 2011 - 12 €
Il faut / Je ne veux pas
(Alfred de Musset / Jean-Marie Besset)